le grand chambard

le grand chambard

MO YAN

TRADUIT DU CHINOIS
PAR CHANTAL CHEN-ANDRO

Seuil

Ce livre est édité par Anne Sastourné

★

Titre original *Change*
Première publication, Seagull Books, 2010
ISBN original 978-1-9064-9-748-4

© Seagull Books, 2010
Droits négociés avec Seagull Books. Tous droits réservés.

ISBN 978-2-02-110840-8
© Éditions du Seuil, mars 2013, pour la traduction française.

Le Code de la propriété intellectuelle interdit les copies ou reproductions destinées à une utilisation collective. Toute représentation ou reproduction intégrale ou partielle faite par quelque procédé que ce soit, sans le consentement de l'auteur ou de ses ayants cause, est illicite et constitue une contrefaçon sanctionnée par les articles L. 335-2 et suivants du Code de la propriété intellectuelle.

1

Logiquement, je devrais commencer par écrire sur ce qui s'est passé après 1979, mais voilà, mes pensées toujours remontent bien au-delà de cette date, à cet après-midi d'un jour radieux de l'automne 1969, alors que les chrysanthèmes avaient pris leur teinte dorée et que les oies sauvages s'envolaient vers le sud. Aujourd'hui encore, ce souvenir me colle à la peau. Souvenir de moi à cette époque, un enfant solitaire, renvoyé de l'école et que le tumulte de la cour attirait.

Tout craintif, je me glisse à l'intérieur par le portail qui n'est pas gardé, je suis un long couloir obscur pour pénétrer au cœur de l'établissement : une cour entourée de chaque côté par des bâtiments. À gauche se dresse un mât en chêne au sommet duquel est attaché, avec du fil de fer, un morceau de bois transversal ; y est suspendue une cloche toute rouillée. À droite de la cour, il y a une table de ping-pong rudimentaire faite de briques et de ciment, un cercle s'est formé autour pour regarder jouer les deux protagonistes. Les cris viennent de là. C'est justement les congés d'automne à l'école du village, les spectateurs, pour la plupart, sont des instituteurs, il y a aussi quelques jolies filles. Elles ont été sélectionnées avec soin par l'établissement qui leur assure une formation d'excellence afin qu'elles participent, à l'occasion de la fête nationale, à un tournoi au niveau du district. Elles n'ont donc pas de vacances, elles travaillent leur technique. Ce sont toutes des filles de cadres de la ferme d'État, jouissant d'une bonne alimentation, elles ont bénéficié d'un excellent développement physique, elles ont la peau blanche ; comme leurs familles sont riches, elles portent des vêtements aux couleurs vives, on voit au premier coup d'œil qu'elles n'appartiennent pas à la même classe sociale que nous autres, petits galopins de pauvres. Quand nous levons les yeux sur elles, elles ne nous accordent même pas un regard.

L'un des deux joueurs est le maître qui m'a appris le calcul, Liu Tianguang de son vrai nom. Il a une bouche étrangement grande pour sa petite taille, on raconte qu'il peut fourrer son poing entier dedans, mais il n'a jamais fait devant nous la démonstration d'une compétence aussi unique.

Souvent me revient à l'esprit sa façon de bâiller sur l'estrade, la bouche grande ouverte, c'était vraiment spectaculaire. Il avait pour sobriquet « hippopotame », personne d'entre nous n'avait jamais vu d'hippopotame, mais comme le crapaud lui aussi a une grande bouche et que les deux mots en chinois ont presque la même consonance, « Liu Hema » – « Liu l'Hippopotame » – devint « Liu Hama » – « Liu le Crapaud ». Il ne s'agissait pas là d'une invention de ma part pourtant, quand il fit sa petite enquête, chose étrange, sa conclusion fut que ce surnom venait de moi. Liu le Crapaud était fils de martyr, il était aussi le vice-président du comité révolutionnaire de l'école. L'avoir affublé d'un tel sobriquet était naturellement un grand crime. Comme il fallait s'y attendre, je fus privé de scolarité, expulsé de l'école.

Depuis tout petit, je ne vaux pas grand-chose, depuis tout petit, je suis voué à la malchance, depuis tout petit je veux faire le malin, mais ça ne me réussit jamais. Ainsi, à l'école, alors que souvent il était clair que mon intention première était de plaire aux maîtres, ces derniers s'imaginaient à tort que je cherchais à leur nuire. Combien de fois ma mère ne m'a-t-elle dit en soupirant : « Fiston ! Ah, fiston, tu es une chouette qui ruine son crédit en annonçant de bonnes nouvelles ! » Et c'est vrai, jamais personne n'a lié mon nom à quelque bonne action, bien au contraire, tous les méfaits m'ont été attribués. Ils étaient nombreux à penser que mon cerveau était pourvu de l'os de la rébellion, que la qualité de mon idéologie était des plus mauvaises, que je détestais et l'école et les maîtres, ce qui relevait du malentendu le plus grave. En fait, j'éprouvais un profond attachement pour l'école et encore plus pour l'instituteur Liu Grande Bouche, car l'enfant que j'étais avait lui aussi une bouche énorme. J'ai écrit une nouvelle intitulée *Grande Bouche*, où le personnage du garçon a beaucoup emprunté à ma propre expérience. L'instituteur Liu et moi étions plutôt des compagnons d'infortune, nous aurions dû éprouver de la sympathie l'un pour l'autre puisque nous étions logés à la même enseigne. S'il y avait une personne à qui je n'aurais pas donné un sobriquet, c'était bien lui. Ce qui, pour moi, était clair comme l'eau de roche ne l'était pas pour lui. Il me fit venir dans son bureau en me tirant par les cheveux, la première phrase qu'il me dit après m'avoir expédié à terre d'un bon coup de pied fut : « Dis donc... toi, c'est l'hôpital qui se moque de la charité ! Pisse un coup et regarde-toi dans la flaque, tu y verras ta mignonne bouche en forme de cerise ! »

Je voulus m'expliquer mais il refusa de m'écouter, et c'est ainsi qu'un brave petit – Mo Grande Bouche –, empli d'affection pour son instituteur, Liu Grande Bouche..., fut exclu de l'école. Alors que le maître avait proclamé mon renvoi devant l'ensemble du corps professoral et des élèves, je n'en continuais pas moins, et cela montre bien à quel point je ne valais pas grand-chose, de chérir mon école ; chaque jour, mon vieux cartable sur le dos, je guettais l'occasion de me glisser dans l'établissement...

Au début, l'instituteur Liu m'en chassait personnellement, comme je n'obéissais pas, il me traînait à l'extérieur par l'oreille ou par les cheveux, mais à peine était-il retourné dans son bureau que je me faufilais de nouveau à l'intérieur. Par la suite, il chargea quelques élèves bien costauds de me chasser, en vain ; maintenu par les bras et tiré par les jambes, je me retrouvais hors de l'établissement, avant d'être balancé au beau milieu de la rue. Mais ils n'étaient pas encore entrés s'asseoir dans la salle de classe que je me montrais de nouveau dans la cour. Je restais pelotonné dans un coin, me ramassant sur moi le plus possible afin de ne pas attirer l'attention, mais aussi pour gagner la sympathie des autres. J'entendais leurs rires, je les voyais sauter et gambader. J'aimais surtout regarder les tournois de ping-pong, quand j'étais pris dans le jeu, les larmes aux yeux, je rongeais mes poings... Finalement, on se lassa de me chasser.

Cet après-midi d'automne, il y a quarante ans, appuyé au mur, je regarde notre maître, Liu le Crapaud, jouer de sa raquette de fabrication maison, plus grande que la normale et dont la forme fait penser à ces pelles en fer utilisées à l'armée ; son adversaire est Lu Wenli, laquelle a partagé la même table que moi en classe quelques années auparavant. Elle aussi a une grande bouche, mais d'une dimension plus seyante, moins démesurée que celle de maître Liu ou que la mienne.

Même à cette époque où une grande bouche n'était pas un critère en la matière, elle passait pour une petite beauté. Et puis, son père était le chauffeur de la ferme d'État. Il conduisait un imposant Gaz-51 qui filait comme le vent. En ce temps-là, le métier de chauffeur était noble. Notre professeur principal nous avait proposé comme sujet de rédaction : « Mon idéal », la moitié des garçons de la classe avaient déclaré vouloir être chauffeur. He Zhiwu était le plus grand et le plus costaud de nous tous, il avait le visage couvert d'acné et une moustache au-dessus de la lèvre supérieure, on aurait pu, pour le moins, lui donner vingt-cinq ans. Dans sa rédaction, il avait écrit sans ambages : « Je n'ai pas d'autre idéal... je n'en ai qu'un... et mon idéal à moi serait d'être le père de Lu Wenli. »

L'instituteur Zhang aimait lire en classe la meilleure rédaction, mais aussi la plus mauvaise. Avant la lecture, il ne donnait pas le nom de leurs auteurs pour laisser à chacun le soin de les deviner. À l'époque, dans les campagnes, communiquer en mandarin prêtait à rire, et c'était valable aussi dans notre école. Monsieur Zhang était le seul maître de l'établissement à oser faire la classe en mandarin. Il était diplômé de l'école normale, il devait avoir une vingtaine d'années. Il avait un visage émacié, long et pâle, portait la raie sur le côté et allait vêtu d'une veste militaire ordinaire en drap bleu toute délavée. Sur le col étaient accrochés deux trombones, il arborait aux bras des protège-manches bleu foncé.

Il avait dû mettre aussi des vêtements d'une autre couleur et d'une autre forme, il n'est pas pensable qu'il n'ait eu que celui-là au fil des saisons mais, dans mes souvenirs, son image reste liée à cette veste-là. Ce à quoi je pense d'abord ce sont les manchettes et les trombones, puis la veste et, en dernier, son visage, ses traits, sa voix, son expression. Si je n'avais pas respecté cet ordre, je n'aurais jamais pu mémoriser son apparence. On pourrait caractériser celui qu'il était en ce temps-là, pour reprendre une expression à la mode dans les années quatre-vingt, de «petit minet», ou celle en vogue dix ans plus tard de «beau gosse», à l'heure actuelle ne dirait-on pas de lui que c'est un «beau mec»?...

Peut-être existe-t-il d'autres appellations plus branchées, plus populaires pour désigner les beaux jeunes gens, attendons pour nous déterminer sur ce point d'avoir consulté nos jeunes voisines. He Zhiwu paraissait plus âgé que l'instituteur Zhang. Dire qu'on aurait pu le prendre pour son père eût été quelque peu exagéré, mais le faire passer pour un jeune oncle n'aurait pas soulevé de doutes. Je me souviens avec quel ton emphatique, railleur, l'instituteur avait lu la rédaction de notre camarade : «Je n'ai pas d'autre idéal... je n'en ai qu'un... et mon idéal à moi serait d'être le père de Lu Wenli... »

Après un moment de silence pesant, ce fut l'hilarité générale. La rédaction de He Zhiwu ne comportait que ces trois bouts de phrase. L'instituteur Zhang, tenant le cahier de rédaction par un de ses coins entre ses doigts, le secouait, comme s'il voulait en faire tomber quelque contenu secret.

« C'est génial, vraiment génial ! dit l'instituteur, et devinez de qui c'est ? » Personne ne le savait, nous regardions à gauche, à droite, avant de nous retourner en quête de cet auteur talentueux. Très vite les regards se portèrent sur le visage de He Zhiwu. Il était le plus grand, le plus fort physiquement, il malmenait quiconque était assis à côté de lui, le maître l'avait donc installé tout au fond de la classe, seul à un pupitre. Sous les regards scrutateurs de tous les élèves, son visage semblait avoir un peu rougi, mais à y bien regarder, ce n'était pas si évident. Il semblait un peu embarrassé, mais là encore, son expression n'était pas aussi tranchée. Il avait même un air satisfait, arborant un sourire niais, espiègle avec une pointe de roublardise. Sa lèvre supérieure était un peu plus courte, quand il riait, on voyait ses dents du haut, des dents toutes jaunes, au-dessous de gencives violettes, entre les deux grosses incisives il y avait un espace. Son truc à lui c'était d'y faire passer des petites bulles, autant de petites bulles qui flottaient devant lui et exerçaient sur nous une grande attirance. Justement, il s'était mis à en faire. L'instituteur lança le cahier de rédaction comme un frisbee, l'objet n'alla pas plus loin que le pupitre de Du Baohua – elle, c'était une bonne élève...

Elle saisit le cahier et le jeta derrière elle avec dégoût. L'instituteur demanda : « He Zhiwu, dis voir un peu pourquoi tu voudrais être le père de Lu Wenli. » L'autre continuait de faire des bulles. « Debout ! » cria l'instituteur. He Zhiwu s'exécuta, il avait un air arrogant, comme si tout cela ne le concernait pas. « Allez, dis-nous pourquoi ? » Nouvel éclat de rire général. C'est alors que Lu Wenli, qui était assise à côté de moi, s'affala sur la table et se mit à pleurer bruyamment...

Aujourd'hui encore je ne comprends pas pourquoi elle s'était mise ainsi à pleurer...

He Zhiwu ne répondait toujours pas à la question de l'instituteur, il avait l'air de plus en plus arrogant. Les pleurs de Lu Wenli rendaient la situation compliquée, et l'attitude de He Zhiwu était un défi lancé à l'autorité du maître. Je me dis que si ce dernier avait pu prévoir comment tourneraient les choses, il n'aurait pas lu en public cette rédaction, mais flèche qui a quitté l'arc jamais n'y retourne, il ne put que dire à contrecœur : « Tu vas me faire le plaisir de débouler d'ici ! »

Notre talentueux camarade, plus haut en taille que le maître, plaqua son cartable contre lui puis, prenant l'ordre au pied de la lettre, il s'allongea par terre, se mit en boule et enchaîna des roulades dans le mètre qui séparait les deux rangées de tables, jusqu'à sortir de la classe. Nous contînmes les rires qui nous avaient échappé. Le visage blême de colère de l'instituteur et les sanglots discontinus de Lu Wenli avaient rendu l'atmosphère de la classe trop grave pour prêter matière à rire. Les roulades de notre camarade ne se firent pas sans difficulté, c'est que, ne pouvant contrôler sa direction, il se cognait aux pieds de table ou de banc. Il lui fallait alors rectifier sa trajectoire. Le sol, bien que pavé de briques grises, avait été rendu inégal par la boue apportée sous nos pieds ; en me mettant à sa place, je me disais que c'était une position très inconfortable. Mais celui qui était le plus mal à l'aise était encore notre instituteur : si l'élève souffrait physiquement, ses souffrances à lui étaient psychologiques. Châtier autrui en s'autoflagellant est la conduite d'un voyou, et non celle d'un héros. Mais celui qui est capable d'une telle action, généralement, n'est pas le premier voyou venu. Un grand voyou tient souvent un peu du héros et, à l'inverse, un grand héros a aussi en lui de la graine de voyou. Notre camarade était-il un grand voyou ou un grand héros ? C'est bon, c'est bon, je ne saurais me faire une idée précise sur la question, de toute façon, comme il s'agit du personnage principal de ces chroniques, ce sera au lecteur d'en juger.

Il sortit donc de la salle en faisant des roulés-boulés. Il se mit sur ses jambes, tout couvert de boue, et partit sans un regard. L'instituteur lui lança : « Pas un pas de plus ! », mais lui continua son chemin sans se retourner. Au-dehors, la lumière était éblouissante, deux pies jacassaient sur le peuplier devant la salle de classe. J'eus l'impression que des rayons lumineux s'échappaient de son corps, je ne sais ce que les autres pensaient mais, à mes yeux, en cet instant précis, il était déjà devenu un héros. Il allait droit devant lui, à grands pas, mettant un point d'honneur à ne pas se retourner. Quelques bouts de papier s'envolèrent de sa main, virevoltèrent avant de retomber dans la poussière. Je ne sais pas si c'était vrai pour les autres mais, à ce moment-là, mon cœur se mit à battre d'excitation. Il déchirait le manuel ! Le cahier d'exercices ! Il rompait de façon radicale avec l'école. Il jetait l'école aux orties, piétinait l'autorité du maître. Il était comme un oiseau échappé de sa cage, libre. Les règles et les interdictions ayant cours dans l'établissement ne pouvaient plus l'atteindre. Mais, nous autres, ses camarades, nous devions continuer à subir les contraintes imposées par les maîtres. Ce qui compliquait la chose était que, au moment où je le regardais sortir en roulant de la salle de classe, déchirer son livre et rompre avec l'école, je l'admirais du fond du cœur et fantasmais sur le jour où je pourrais, à mon tour, réaliser un tel exploit. Mais, voilà, quand peu de temps après l'instituteur Liu la Grande Bouche m'exclura des cours, ma souffrance sera tellement lourde à porter, mon attachement à l'école tellement grand, que j'en aurai les tripes nouées. Il y a les héros et les lâches, ce petit événement l'illustre à merveille.

Notre camarade était parti la tête haute, Lu Wenli, quant à elle, continuait de sangloter. Le maître lui dit, visiblement agacé : « Assez, assez. L'idée de He Zhiwu était d'être un chauffeur comme ton père, et non d'être vraiment ton père. Et puis quand bien même ce serait son idéal, pourrait-il le devenir pour autant ? » À ces mots, Lu Wenli releva la tête, sortit un mouchoir imprimé, s'essuya les yeux et arrêta de pleurer. Elle avait de grands yeux, très séparés, quand elle vous tenait sous son regard, cela lui donnait l'air un peu bébête.

Pourquoi le père de Lu Wenli était-il devenu un idéal pour nous ? La vitesse. Les garçons adorent ça. Si nous entendions le bruit du moteur du camion alors que nous étions à table, nous laissions là nos bols et courions jusqu'à l'entrée de la ruelle pour voir arriver à vive allure, de l'est ou de l'ouest du village, le Gaz-51 couleur vert prairie, conduit par le père de Lu Wenli. Les poules qui picoraient dans la poussière cherchant pitance s'envolaient effrayées, quant aux chiens qui baguenaudaient dans la rue, ils s'empressaient de bondir dans la rigole la bordant. Ou, pour le dire en raccourci : à l'arrivée du camion, les poules s'envolaient et les chiens bondissaient. Malgré un bon nombre d'accidents s'étant traduits par des animaux écrasés ou renversés, le père de Lu Wenli ne ralentissait pas l'allure pour autant. Et les propriétaires des bêtes de ramener en silence les cadavres au bout du bras ou de les traîner jusqu'à leur maison. Personne ne protestait, personne ne cherchait querelle au chauffeur. Un camion, c'est fait pour rouler vite, sinon ce n'est pas un camion. C'est aux poules et aux chiens de l'éviter, et non l'inverse. On racontait qu'il s'agissait d'un Gaz de fabrication soviétique rescapé de la guerre de soutien à la Corée contre l'agression des États-Unis, la carrosserie du véhicule portait les traces des impacts des tirs des avions américains. Il s'agissait donc d'un camion couvert de mérites et riche d'une glorieuse histoire. Quand la guerre faisait rage, il avait roulé de l'avant, bravant les feux de la mitraille, à présent, en période de paix, il continuait de galoper sur les routes, laissant derrière lui un nuage de poussière et de fumée. Quand il passait devant nous, nous pouvions voir l'air mystérieux du conducteur. Parfois, il portait des lunettes noires, mais pas toujours. Il en allait de même pour les gants blancs. J'aimais bien quand il portait et les lunettes noires et les gants blancs. Nous avions vu un film dans lequel un héros de notre armée, parti espionner les positions de l'artillerie adverse, portait les deux, transformé ainsi en haut officier ennemi. Il avait mis sa main gantée de blanc dans le tube du canon et avait eu les doigts tout noircis, alors il avait dit sur un ton des plus bureaucratiques : « C'est comme ça que vous entretenez le matériel ! »...

L'uniforme à l'américaine des troupes ennemies était vraiment très chic, ainsi vêtu avec en plus ses gants blancs et ses lunettes noires, notre héros-espion avait un air martial des plus convaincants, il avait une classe ! Après avoir vu ce film, et pendant un bon bout de temps, nous adorions tous répéter ses gestes et ses paroles : « C'est comme ça que vous entretenez le matériel ! » Toutefois, sans les gants blancs, notre performance n'était pas au top de l'imitation. Ces gants, nous rêvions d'en trouver, quant à l'uniforme à l'américaine, aux lunettes noires et aussi au revolver qu'il portait à la taille, ces objets étaient tellement hors de notre portée que nous n'osions même pas y penser. De nombreux garçons de la classe, et même des filles, avaient placé He Zhiwu sur un piédestal, non seulement pour la façon savoureuse dont il avait quitté l'école, mais parce que, peu de temps après, il avait fait, devant les élèves et les professeurs de l'établissement réunis, une démonstration tout ce qu'il y avait de plus élégant.

Nous étions le 1er juin, fête des Enfants ; instituteurs et écoliers étaient rassemblés sur le terrain de sport à l'extérieur du portail pour la cérémonie solennelle du lever de drapeau. Notre école était certes située dans un canton isolé, mais elle était toute proche de la ferme d'État or, parmi les droitiers qui travaillaient là et qui avaient des compétences uniques, certains, vu leur spécialité, avaient été recrutés comme instituteurs remplaçants notamment pour les activités sportives et culturelles. Ils avaient fait de Lu Wenli une championne de ping-pong au niveau du district de Gaomi, et de Hou Dejun un champion de saut à la perche au niveau de la région de Changwei. Ils avaient aussi monté une fanfare militaire digne de ce nom. Il y avait une grosse caisse, dix caisses claires, deux paires de grosses cymbales, dix cornets, dix trombones, et aussi deux grandes trompes étincelantes qui s'enroulaient autour du corps des musiciens et dont l'embouchure était tournée vers le ciel. Pour les villageois, cymbales et tambours sont choses courantes, un roulement de tambour, un coup de gong, intervention des cymbales, « dongdongzing, dongdongzing, dongzingdongzingdongdongzing ». C'est d'un monotone, d'un rustique, d'un bruyant! Quand la fanfare de notre école avait fait son apparition sur le terrain de sport, son style, sa prestance, l'intérêt qu'elle suscitait, ainsi que la vivacité du rythme et de la mélodie avaient ouvert les yeux et les oreilles des paysans à des horizons insoupçonnés d'eux, avait-on jamais vu de tels instruments, entendu de pareils sons!

L'école avait confectionné un uniforme pour chaque membre de la fanfare: short bleu et chemise blanche pour les hommes, chemisier blanc et jupe bleue pour les filles, aux pieds, pour tous, chaussettes montantes blanches et chaussures en caoutchouc de la même couleur; aux joues, du rouge, sourcils dessinés au fusain, rubans de soie rouge dans les cheveux pour les filles, nœud papillon de la même couleur pour les garçons, c'était vraiment magnifique. Et en plus tous portaient de fins gants blancs! Équiper ainsi la fanfare, avec instruments et uniformes, avait nécessité une somme colossale, la vente du mobilier de l'école et de la cloche en fer n'y aurait pas suffi; mais pour la ferme d'État de la rivière Jiao, c'était une plume dans le plumage d'une poule – j'aurais pu dire aussi que c'était comme un poil parmi ceux de neuf buffles, mais là, pour le coup, c'eût été exagéré. Cette ferme, je l'ai décrite dans nombre de mes romans, sans oublier ces droitiers qui, à mes yeux, menaient une vie faite de plaisirs et de voluptés. Ma nouvelle *Le Coureur de fond* leur est consacrée pour sa plus grande partie, les lecteurs intéressés par la question pourront s'y reporter. Mais il s'agit d'une œuvre romanesque, beaucoup d'éléments sont inventés de toutes pièces, tandis que le présent texte, pour l'essentiel, relève du genre « mémoires », et si certains passages ne sont pas conformes aux faits avérés, c'est que, avec le temps, mes souvenirs se sont altérés.

Cette ferme d'État de la rivière Jiao était une unité relevant du système de la propriété du peuple entier, le même que celui qui perdure encore de nos jours au Xinjiang avec les Corps de production et de construction. Les acteurs principaux de la ferme étaient des militaires à la retraite, par la suite de jeunes instruits venus de Qingdao furent incorporés. Au début des années soixante, alors que notre campagne en était encore à ces instruments de production arriérés qu'étaient les chars à bœufs et les charrues en bois, la ferme était équipée d'une moissonneuse-batteuse produite en URSS, dite « combinée », rouge. La vue de cet engin avançant dans les vastes champs de blé en vrombissant fut pour nous un choc, non moindre que celui éprouvé par nos grands-parents en 1904, devant la locomotive de fabrication allemande, lors de l'inauguration de la ligne de chemin de fer Qingdao-Jinan. Donc, pour cette ferme d'État, équiper la fanfare militaire d'une école primaire voisine, c'était effectivement du nanan. Cher lecteur, il ne faut pas m'en vouloir si je suis trop bavard, j'ai tant de souvenirs en pagaille et ce n'est pas moi qui veux les coucher sur le papier, ce sont eux qui jaillissent comme ça.

Et pourquoi la ferme d'État faisait-elle tout cela ? C'est que bon nombre de ses enfants étaient scolarisés chez nous. Et pourquoi nous envoyaient-ils les droitiers comme instituteurs suppléants ? Pour la même raison. Quant aux instituteurs locaux, Monsieur Zhang avait tout au plus été formé à « l'école normale secondaire », quant à Liu Grande Bouche, il était juste diplômé de l'école primaire supérieure. Les droitiers envoyés par la ferme, eux, étaient tous des intellectuels de haut rang. À ce point de mon récit, je pense que tout le monde aura compris que notre école primaire était, à l'époque, la mieux cotée de toute la péninsule du Shandong. J'en ai été chassé en cinquième année, pourtant, quand je suis arrivé à l'armée, il s'est avéré que je pouvais tout à fait donner des cours à des camarades sortis du lycée. Si à l'époque j'avais été diplômé de mon école, en 1977 quand les examens d'entrée à l'université ont été rétablis, j'aurais fort bien pu, grâce à cette formation reçue en primaire, réussir à l'examen d'entrée à l'université de Pékin ou à celle de Qinghua[1].

1. De 1966 à 1977, il y a eu un grand relâchement dans les programmes de l'enseignement en Chine. Les diplômés du

Alors que, suivant la mélodie *L'Orient rouge* interprétée par la fanfare, la tête levée nous regardions le drapeau rouge aux cinq étoiles monter lentement le long du mât, He Zhiwu apparut à l'endroit le plus en vue du terrain de sport. Il était vêtu d'un vieil uniforme militaire tout délavé, portait une casquette d'officier à large visière, des gants blancs, des lunettes noires, tenait à la main une cravache faite maison. Pourquoi pour accompagner la montée du drapeau jouions-nous *L'Orient rouge* au lieu de l'hymne national ? C'est que, concernant ce dernier, l'auteur des paroles et le compositeur avaient tous les deux été mis à bas. Où notre camarade s'était-il procuré cet uniforme et ces accessoires ? Sur le moment, nous ne l'avons pas su. Bien des années après, quand je l'ai rencontré à Qingdao, à ma question, il a répondu en riant, entre mensonge et vérité : « Oh, je les avais empruntés au père de Lu Wenli ! » Même si son accoutrement ne valait pas celui du héros-espion du film, nous n'en fûmes pas moins comme « foudroyés ». Il s'avança à pas mesurés, la tête haute, bombant le torse, sans la moindre appréhension,

---

secondaire en 1977, date de réouverture des examens d'entrée à l'université, ont eu une scolarité désorganisée.

entre les rangs des élèves et ceux des dirigeants de l'école. Tout en marchant, il nous désigna de sa cravache et dit en forçant sa voix : « C'est comme ça que vous entretenez le matériel ! »

Les dirigeants en restèrent hébétés, les yeux arrondis, ils regardèrent He Zhiwu passer devant eux en faisant le bravache et, avec des yeux tout aussi arrondis, ils le virent repasser dans l'autre sens. Il entra en sifflotant dans la ruelle attenante au terrain de sport. Nous suivîmes sa silhouette de dos, nous le vîmes monter sur la digue puis en redescendre avant de disparaître dans la rivière. Nous savions qu'il y avait de l'eau, nous imaginions la scène quand il était arrivé sur la rive, comptait-il se déshabiller pour se baigner ou bien admirer son reflet dans l'eau ? Les activités organisées par l'école inscrites au programme ce jour-là n'avaient en fait plus grand sens pour nous, que ce fût la déclamation bien cadencée de poésie ou les divers sketchs sur l'actualité, rien ne put y ramener nos esprits, restés au bord de la rivière. Liu Grande Bouche proclama furieux : « Nous devons absolument lui régler son compte ! »

Au final, nous ne devions jamais savoir comment l'instituteur Liu avait mis sa menace à exécution. Le père du garçon était un valet de ferme qui avait trimé des dizaines d'années pour un propriétaire foncier. La mère était le membre du Parti le plus ancien du village, elle avait le visage grêlé, de grands pieds, elle avait un sale caractère, elle se tenait souvent debout sur la meule de pierre devant le seuil de sa porte à vociférer sans raison des injures à la ronde. À ces moments-là, elle avait la main gauche sur la hanche, le bras droit levé, tout dans son attitude faisait penser à une théière ancienne. He Zhiwu était l'aîné des enfants, il avait trois petits frères et deux petites sœurs. La maison, toute de guingois, était composée de trois simples pièces, il n'y avait même pas de natte sur le *kang*[1]. Vu ces conditions familiales, sans parler de Liu Grande Bouche qui n'en pouvait mais, l'arrivée du Président Mao en personne n'aurait rien changé.

En automne 1973, tirant avantage de la situation de mon oncle comptable dans une usine de transformation du coton, je fus engagé comme travailleur temporaire ; malgré ce statut, et après avoir remis vingt-quatre yuans à l'équipe de production, il me restait encore quinze yuans chaque mois. À l'époque

---

1. Lit en briques réfractaires et chauffé par-dessous en usage dans la Chine du Nord.

la viande de porc coûtait soixante-dix centimes la livre, un œuf six centimes, avec quinze yuans, on pouvait faire pas mal de choses. Je m'habillais à la mode, laissais pousser mes cheveux, j'avais plusieurs paires de gants blancs, cela me tournait un peu la tête. Un jour, après le travail, He Zhiwu vint me trouver. Il portait des chaussures trouées qui laissaient voir ses orteils, une vieille couverture était pliée au carré sur ses épaules. Il avait les cheveux en bataille, de la barbe plein les joues, trois rides profondes sur le front.

Il me dit : « Prête-moi dix yuans pour que je me rende au Nord-est. »

Je lui répondis :

« Si tu pars, que vont devenir tes parents, tes frères et tes sœurs ?

– Le Parti ne les laissera pas mourir de faim.

– Tu vas faire quoi au Nord-est ?

– J'en sais rien, mais ce sera toujours mieux que de mourir de vieillesse ici, non ? Tu vois, j'ai presque trente ans et je n'ai même pas encore trouvé femme. Partir ! Un arbre déplacé meurt, un être humain, lui, revit. »

Pour être franc, je n'avais pas envie de lui prêter de l'argent, c'est que dix yuans, à l'époque, c'était une somme coquette. Il ajouta : « C'est une mise que tu fais. Si je réussis mon coup, je ne te rembourserai pas. Si ça ne marche pas, je te rembourserai avec mon sang. »

Je n'avais vraiment rien compris à sa logique, je tergiversai longtemps avant de finir par lui prêter dix yuans.

Mais revenons à cet après-midi-là. Appuyé contre le mur, je regarde Liu Grande Bouche et Lu Wenli jouer au ping-pong. La technique de l'instituteur est quelconque, mais c'est un mordu du jeu, et puis il aime plus que tout se mesurer aux élèves filles. Toutes celles qui ont intégré l'équipe de l'école ne sont pas mal physiquement, Lu Wenli est la plus belle. C'est la raison pour laquelle l'instituteur aime jouer contre elle. Quand il frappe la balle, sans s'en rendre compte, il ouvre sa grande bouche, encore passons, mais du plus profond de cette grande bouche montent des coassements bizarres, comme s'il y avait des crapauds là-dedans. Le voir et l'entendre jouer n'est guère plaisant. Je sais que ma camarade n'a pas envie de l'avoir pour adversaire, mais c'est un des dirigeants de l'école, elle n'ose pas refuser. L'ennui et la répulsion qu'elle éprouve se lisent sur son visage, se traduisent dans ses gestes : rotations et frappés se font au hasard.

Après tout ce verbiage, je peux maintenant asseoir cet instant théâtral : l'instituteur Liu, la bouche grand ouverte, exécute un topspin, Lu Wenli, distraite, ne fait pas bloc, et la balle, brillant d'une lumière argentée, comme dotée de vision, entre dans la bouche de l'instituteur.

Les spectateurs en restent ébahis un moment, puis éclatent de rire, l'institutrice nommée Ma, qui a déjà le teint rougeaud au naturel, en a pour le coup le visage couleur crête de coq. Lu Wenli, qui a gardé jusque-là sa mine renfrognée, pouffe à son tour. Je suis le seul à ne pas en rire, je suis tout bonnement stupéfait : comment une telle coïncidence a-t-elle pu se produire ? C'est alors que je repense à une histoire racontée par oncle Wang Gui, connu dans le village pour être un vrai « sac à fables » : Jiang Ziyun se trouvait dans le creux de la vague, alors qu'il vendait de la farine, il y eut un ouragan ; quand il vendit du charbon de bois, l'hiver fut doux ; enfin, comme il levait la tête vers le ciel tout en soupirant longuement, une fiente d'oiseau lui tomba dans la bouche.

Vingt ans après cet incident, c'est-à-dire pendant l'automne 1999, j'étais dans le métro à Pékin en route pour mon bureau du *Quotidien du parquet*, dans le wagon, un vendeur de journaux criait : « À lire, à lire absolument : pendant la Seconde Guerre mondiale, un obus de l'armée soviétique est entré dans le tube d'un canon allemand. » Cette phrase m'a immédiatement remis à l'esprit la scène où la balle de ping-pong envoyée par Lu Wenli atterrissait dans la bouche de l'instituteur Liu.

Voici la suite de l'histoire : après avoir ri un moment, l'assemblée trouva la situation fâcheuse, les rires s'arrêtèrent net. Normalement, l'instituteur Liu aurait dû recracher la balle immédiatement et faire un peu d'humour, comme à son habitude ; quant à Lu Wenli, elle aurait dû lui adresser quelques mots d'excuse en rougissant, puis ils auraient repris leur jeu. Mais la situation n'avait pas suivi ce cours, l'instituteur n'avait pas recraché la balle, bien au contraire, il avait étiré le cou et, les yeux exorbités, il s'était efforcé de l'avaler. Il agitait les bras tandis que de son gosier « gloup, gloup » s'échappaient des sons bizarres, on aurait dit une poule avalant un insecte venimeux. Les gens en étaient restés médusés, ne sachant que faire. Déjà l'instituteur Zhang accourait, lui donnait des tapes dans le dos; puis l'instituteur Yu accourut à son tour et tenta de lui bloquer le cou; le malheureux agita ses bras pour se débarrasser d'eux. Wang, l'un des instituteurs droitiers, était diplômé d'une université de médecine, il avait l'expérience de ce genre d'incidents, il cria à ses deux collègues de se retirer, s'avança à toute vitesse, se plaça derrière Liu, mit ses bras, aussi longs que ceux d'un singe, autour de la taille de son collègue puis resserra brusquement son étreinte. La balle s'envola de la bouche de l'instituteur, retomba d'abord sur la table où elle fit plusieurs rebonds avant d'arriver à terre, puis elle s'arrêta net, sans même avoir roulé. Wang relâcha son étreinte, Liu poussa un cri bizarre et s'affala sur le sol comme une chiffe. Lu Wenli jeta sa raquette sur la table et s'enfuit en pleurant, le visage caché dans ses mains. Wang fit quelques massages à son collègue allongé sur le sol, Liu finit par se remettre sur ses jambes, soutenu par tous. Une fois debout, il regarda de tous côtés et demanda d'une voix rauque : « Et Lu Wenli ? Lu Wenli ? Cette gamine a bien failli me faire passer de vie à trépas ! »

2

Après avoir raccompagné He Zhiwu, je commençai à mon tour à ronger mon frein. Bien que le travail d'intérimaire à l'usine de transformation du coton fût meilleur que celui de cultivateur, je n'avais pas pour autant changé de statut social, je restais parmi les basses catégories de la population. Il y avait dans l'usine une dizaine de petits gars qui étaient passés du statut de temporaire à celui d'ouvrier régulier. Ils portaient montre et chaussures en cuir, se pavanaient en se prenant pour le centre du monde. À cette époque-là, j'avais déjà lu des romans classiques comme l'*Histoire romancée des Trois Royaumes*, *Le Rêve dans le pavillon rouge*, *Le Voyage en Occident*, j'étais capable de réciter des dizaines de poèmes des Tang et des Song, j'avais par ailleurs une bonne calligraphie au stylo plume. J'aidais souvent un membre du personnel à la retraite à écrire des lettres à son fils à Hangzhou. Le style était assez recherché, mélangeant langue parlée et langue classique, accumulant les figures de style, à y repenser, j'en ai encore les joues et les oreilles en feu. Pourtant le vieil homme disait à tout-va que j'étais « un vrai petit intello », de mon côté, je ne me trouvais pas apprécié à ma juste valeur, je rêvais de vastes terres où je pourrais donner toute la mesure de mon talent. L'usine de coton n'était manifestement pas pour moi un lieu pour le long terme, quant à retourner cultiver les champs, ce serait pire encore, cela reviendrait à enfermer un fin coursier dans une écurie. À l'époque, il n'y avait pas d'examen d'entrée à l'université, il fallait être recommandé par les paysans pauvres et moyens pauvres, j'étais donc, en principe, qualifié pour postuler mais, en réalité, c'était chose impossible. Le quota annuel imparti était déjà insuffisant pour satisfaire les demandes des enfants des cadres de la commune populaire, aussi, avec une scolarité qui s'était arrêtée en cinquième année de primaire, une famille classée « paysans moyens pauvres », ajouté à cela que j'étais un incorrigible bavard et que j'avais un physique un peu bizarre, mon heure ne risquait pas d'arriver.

Après avoir mûrement réfléchi, je finis par me dire que la seule solution pour sortir de ma cambrousse et changer mon destin était l'armée. Y entrer n'était pas chose aisée, mais c'était quand même plus accessible que l'université. Dès 1973, chaque année, je me suis donc inscrit pour être enrôlé, je suis allé passer le contrôle médical à la commune populaire, en vain. Enfin, en février 1976, après bien des revers, avec l'aide de personnages influents, je reçus la lettre me notifiant mon incorporation.

Par un petit matin où la neige tombait à gros flocons, je parcourus à pied les vingt-cinq kilomètres jusqu'au chef-lieu du district, là je revêtis l'uniforme, pris un camion militaire jusqu'au district de Huang et me retrouvai dans la fameuse « cour de la famille Ding » où je devais recevoir une formation en tant que nouvelle recrue. J'y suis retourné en automne 1999. Le district de Huang avait été rebaptisé ville de Longkou, et la « cour de la famille Ding », qui avait servi autrefois de caserne, était devenue un musée. Cette grande propriété privée, qui m'avait semblé si imposante à l'époque, était finalement étroite et basse, cela montrait que mon horizon avait changé.

Après avoir reçu la formation destinée aux jeunes recrues, je fus affecté avec trois autres dans une « unité des services secrets » du ministère de la Défense. Beaucoup de mes compatriotes m'enviaient pour cette excellente affectation mais, une fois sur place, je déchantai vite, il s'agissait simplement d'une station de radiogoniométrie qui allait bientôt être supprimée. L'organe duquel elle relevait directement se trouvait dans la lointaine Pékin. Nous étions administrés par délégation par le 34e régiment du secteur de garnison Penglai, stationné au district de Huang. D'où la formule : « "Administrés par délégation"... délégation, certes, administrés ? Pas vraiment. » C'est que, pour les cadres du régiment c'était chose impossible, ils n'y pouvaient rien, ils n'osaient pas s'y coller. Le code de notre unité était « 263 ». La seule mention de ce chiffre mettait le 34e régiment au supplice. « Le chef de régiment en souffre d'hypertension, le commissaire politique en lève les yeux au ciel. » En entendant ce petit refrain, vous pouvez deviner dans quelle putain d'unité j'avais atterri. Les tâches auxquelles on m'avait affecté étaient monter la garde et cultiver les champs.

La seule chose qui me mettait un peu de baume au cœur était le camion de notre unité, il était en tout point identique à celui du père de Lu Wenli : même modèle, même couleur, même état. Le chauffeur était un officier, la quarantaine, de petite taille, les cheveux poivre et sel, la bouche meublée pour moitié de fausses dents, il se nommait Zhang. Nous l'appelions « technicien Zhang ». Il avait divorcé d'avec sa première épouse, la nouvelle avait une fille et travaillait à Jinan. Lui habitait à la caserne avec son fils du premier lit. Tous les deux étaient des fans de basket, ils s'entraînaient souvent sur le terrain de sport à marquer des paniers à partir d'un certain angle, celui qui avait perdu devait pousser le ballon de la tête depuis le milieu du terrain. Au début, après mon arrivée, j'avais le plus souvent vu le père forcer le fils à se traîner ainsi jusqu'au panier. Au bout d'un an, les rôles s'étaient totalement inversés. Ah oui, le prénom du garçon était Qinbing, « Garde du corps » – un prénom un peu bizarre... Ce Qinbing se servait d'un bâton pour frapper sans pitié le derrière levé haut de son père, ce faisant il disait : « Rampe, et vite ! Allez ! Et ne va pas imiter la pousse de soja tombée dans les latrines et qui essaie de se faire passer pour un asticot à longue queue ! »

À l'époque, je n'avais plus de grands idéaux car, dans cette petite unité qui n'était constituée que d'une dizaine de personnes, il n'y avait aucune possibilité d'avenir. J'entendis les vétérans dire qu'on allait choisir une des jeunes recrues pour apprendre à conduire avec le technicien Zhang. Je me pris à rêver d'être l'heureux élu. Quand j'étais au pays, je n'avais pu que regarder avec de grands yeux le Gaz-51 du père de Lu Wenli passer devant moi en soulevant la poussière. La seule fois où j'avais eu l'occasion de le voir de près, j'avais bien failli y laisser ma vie... Le camion stationnait dans la grand-rue, devant la coopérative. Le père de Lu Wenli y était entré pour acheter du tabac. Profitant de l'occasion, j'étais grimpé sur la barre du pare-chocs arrière, les mains agrippées au hayon, dans le but d'assouvir cette passion pour les camions qui était la mienne. Le père de Lu Wenli était revenu, il avait mis le contact, accéléré, la poussière avait volé, m'avait pris au nez, je respirais mal, j'avais relâché les mains pour descendre du camion, mais j'avais été projeté à terre comme une motte de boue. Il m'avait fallu un bon moment avant de me remettre sur mes jambes, péniblement ; j'avais le nez meurtri, le visage enflé, la bouche en sang. J'étais resté ahuri un bon moment sans réaliser ce qui m'était arrivé. Je devais comprendre plus tard que c'était là l'effet de l'inertie...

À l'armée, chaque semaine, j'avais l'occasion de prendre le Gaz-51 pour aller travailler à la ferme située à une bonne dizaine de kilomètres de la caserne. Nous n'étions que seize, nous avions pourtant exigé plus de deux hectares et demi de terres à cultiver. Parmi les seize, il y avait neuf officiers qui prenaient leur service à tour de rôle sur l'engin qui grinçait et toussait ; ceux qui allaient travailler aux champs, c'était nous, les six membres de l'escouade de garde. D'eux d'entre nous venaient de la ville de Tianjin, c'était de beaux parleurs de première catégorie, mais tire-au-flanc comme pas deux. Nous n'étions donc que quatre à travailler vraiment. Le technicien Zhang nous conduisait à vive allure jusqu'à la ferme, le long de la route côtière pavée de gravier. Sur le siège du copilote dans la cabine prenait place son fils ou un officier. Nous étions debout dans l'espace de chargement, nous tenant aux ridelles, nos casquettes dans la poche du pantalon, le vent nous arrivait de plein fouet, faisait voler nos cheveux, nous étions insouciants et joyeux. En repensant comment, autrefois, j'avais mis ma vie en danger pour goûter à l'ivresse de la vitesse sur le

Gaz-51, je trouvais que cela valait la peine de m'être engagé dans l'armée. Zhang conduisait vite, c'était carrément un bandit de grand chemin. En ce temps-là il y avait peu de véhicules. En ce temps-là il n'y avait pas dans toute la Chine le moindre kilomètre d'autoroute. On disait de la route côtière que nous empruntions qu'elle était la meilleure. Construite lors de l'agression japonaise, sa largeur permettait tout juste le croisement de deux véhicules. Il y avait souvent des cyclistes sur le bord de la route, ils étaient engloutis sous la poussière soulevée par notre camion. Combien de fois avons-nous entendu les bordées d'injures lancées à notre passage.

Au district de Huang, les petites gens étaient plus courageux que dans mon pays natal. Le père de Lu Wenli avait écrasé poules et chiens sans que personne lui eût jamais cherché querelle. Mais quand le camion du technicien Zhang eut écrasé une vieille poule, la grand-mère propriétaire de l'animal, tenant ce dernier par les pattes, appuyée sur son bâton, était venue jusqu'à la caserne et, debout sur le seuil du bureau du chef de station, elle avait déversé un torrent d'injures en pilonnant le plancher de sa canne. Je devais entendre dire par la suite que cette vieille femme avait servi de modèle pour la milicienne héroïque du célèbre film *La Guerre des mines* et que ses deux fils étaient de hauts officiers de l'APL (Armée populaire de libération). Elle avait dit, furieuse : « Vous, des soldats de la 8e armée de route ? Pffft ! Même les Japs, quand ils sont entrés dans le village, n'ont pas osé se montrer aussi enragés ! » Le dirigeant de la station s'était hâté d'opiner du bonnet et de s'incliner tout en s'excusant, de plus il avait accepté de la dédommager de dix yuans. La vieille femme lui avait dit : « Comment ça dix yuans ? Mais c'est que ma poule pond chaque jour un œuf avec deux jaunes, et cela trois cent soixante-cinq jours de l'année, cinq de ses œufs font une livre, à raison de cinq yuans et huit centimes la livre, fais toi-même le compte. » Notre dirigeant à force de paroles avait fini par lui donner vingt yuans pour qu'elle parte. Mais voilà, une fois sortie de la caserne, la vieille femme était revenue à la charge, elle exigeait que le dirigeant fasse venir le chauffeur, elle tenait à le voir. Elle avait dit de sa bouche édentée : « Je voudrais voir la tête qu'il a pour conduire ainsi ce vieux camion, on dirait un lièvre effrayé par un fusil ! » Le dirigeant qui n'en pouvait mais m'avait chargé d'aller chercher le technicien Zhang. Dès que ce dernier avait aperçu la vieille femme, « clac » il s'était mis au garde-à-vous et, non sans roublardise, avait fait le salut militaire, puis il avait dit : « Vieille maman révolutionnaire, le jeune que je suis reconnaît ses erreurs ! » La vieille femme lui avait dit : « Si tu reconnais tes erreurs, tu dois t'amender ! Dorénavant quand tu entreras dans le village, tu devras abaisser ta vitesse à vingt-cinq kilomètres à l'heure, sinon, j'enterrerai sous la route des mines en pagaille qui feront sauter ta cervelle de petit salopard ! »

Par la suite, j'appris que ce finaud de technicien Zhang était allé rendre visite à la vieille femme avec des douceurs et qu'il l'avait saluée comme mère adoptive.

En 1979, deux mois avant ma mutation à Baoding au Hebei, le technicien Zhang reçut lui aussi la sienne pour la base militaire de Jinan en tant qu'assistant logistique, il se trouvait réuni avec son épouse après en avoir été séparé des années. Son fils Qinbing, bien qu'âgé seulement de quinze ans, avait bénéficié d'un recrutement spécial, il était devenu membre de la troupe artistique de la base militaire et avait pris comme maître le célèbre acteur Gao Yuanjun. Il y apprenait à dire les « histoires à rythme rapide » du Shandong. On racontait que le fils aîné de la vieille femme était un dirigeant important de la base militaire et que c'était grâce à elle que Zhang avait obtenu transfert et promotion.

Bien qu'à différents égards ce dernier n'eût rien d'un militaire, comme par exemple cette façon qu'il avait de porter sa casquette d'uniforme de travers, sa veste ouverte et de marcher d'un pas hésitant ; on aurait vraiment dit un de ces soldats voyous comme on en voit souvent dans les films. Et puis, il aimait boire la liqueur de l'année et, comme il tenait mal l'alcool, il était ivre au bout de deux onces, et fredonnait alors le célèbre petit air grivois *Wang la seconde pense à son époux*. Et ceci encore, il aimait flirter avec les jeunes instruites envoyées au village ; chaque fois qu'il allait en ville, des jeunes filles montaient dans notre camion militaire. L'une d'entre elles, appelée Petite sœur Dolorosa, était très proche de lui. Le père de la fille élevait une truie qui avait mis bas huit petits cochons, il voulait les vendre au chef-lieu du district ; Zhang avait chargé tout ce petit monde dans notre camion et avait transporté les bêtes avec précaution jusqu'au marché aux cochons de la ville.

Malgré tous ces travers, en tant que chauffeur, il prenait bien soin du camion. Chaque samedi, il s'occupait de son entretien. Il était très fort en mécanique, il se repérait au bruit pour savoir ce qui clochait. Le Gaz-51 de notre unité avait essuyé la mitraille de la guerre de Corée, sans les soins de maintenance de Zhang, il serait devenu depuis longtemps un vulgaire tas de ferraille. Le technicien m'avait à la bonne, chaque fois que le camion restait au garage, il me demandait de venir l'aider à le laver, à le réparer. Les autres recrues disaient qu'il voulait me former pour prendre la relève, c'est ce que je croyais moi aussi. J'appris auprès de lui quelques principes sur les moteurs de voitures, je compris pourquoi elles pouvaient rouler ainsi à toute vitesse. Je parlai au technicien du Gaz-51 du père de Lu Wenli de la ferme de la rivière Jiao. Zhang me dit stupéfait : « Et moi qui pensais qu'il ne restait de ce modèle dans toute la Chine que cette antiquité en service, jamais je n'aurais imaginé que vous en aviez un chez vous aussi. » Il alla même jusqu'à dire : « Si l'occasion se présente, je l'emmènerai faire un tour jusque chez vous, pour que ces deux Gaz se rencontrent. » Il pensait que les camions étaient dotés d'intelligence et que, comme c'est le cas pour un arbre, un tel camion, rescapé du feu de la mitraille et qui avait reçu le sang des martyrs, pouvait devenir lui aussi un esprit. Comment se passerait cette rencontre entre deux camions devenus des esprits ?...

Zhang disait qu'il était le neuvième conducteur de ce Gaz. Le premier était mort sur le volant, le pare-brise ayant été fracassé par les balles ennemies ou par un éclat d'obus. Ce héros de chauffeur, bien que grièvement blessé, avait résisté pour faire sortir son véhicule de la fumée épaisse et de la violence des tirs. Zhang énuméra pour moi les noms des huit chauffeurs qui l'avaient précédé, ainsi que leur lieu d'origine, un peu comme s'il me parlait de la généalogie de sa famille. Ce camion avait été fabriqué en 1951 en URSS dans l'usine automobile Gorki, il avait quatre ans de plus que moi. À entendre Zhang parler de cette histoire glorieuse, j'éprouvai un grand respect pour le véhicule, puis je repensai au camion du père de Lu Wenli, j'eus alors le sentiment que ces deux Gaz-51 étaient comme des jumelles séparées pendant de longues années. Pourquoi des filles et pas des garçons, ou des jumeaux fille-garçon ? Je ne saurai le dire, mais c'est ce qui me vint immédiatement à l'esprit, alors après, impossible d'en démordre. De là, j'en vins à penser que mon affectation dans cette petite unité relevant de l'État-Major général, alors que mon recrutement dans l'armée émanait, au départ, de la garnison Penglai de la base militaire de Jinan, tenait du pur hasard. Le taux de probabilité d'une telle affectation était un tout petit peu plus élevé que celui qui avait envoyé, d'un coup de raquette de Lu Wenli, la balle de ping-pong dans la bouche de l'instituteur Liu, mais pas tant que ça au final. Après les explications de Zhang sur l'histoire glorieuse du Gaz-51, je finis par comprendre qu'il s'agissait là de l'œuvre du destin et que ma tâche serait de servir d'intermédiaire à la réunion de ces camions jumeaux séparés depuis si longtemps.

En janvier 1978, notre nouveau chef de centre avait acheté quarante corbeilles de pommes et une centaine de bottes d'oignons de printemps. Il demanda à Zhang de les acheminer jusqu'au commandement. Ce dernier était situé au cœur des montagnes de la banlieue de Pékin, d'après la carte, à mille deux cents kilomètres de notre station. Afin d'être accompagné tout le long du chemin, il m'avait choisi comme convoyeur-assistant. C'était une mission intéressante au plus haut point. Nous nous mîmes en route au milieu de la nuit avec le projet d'atteindre notre but à la tombée du jour suivant. Mais le camion avait à peine dépassé la préfecture de Weifang quand les ennuis commencèrent. Si on pouvait rouler à petite allure, dès qu'on était au-dessus de cinquante kilomètres à l'heure, le pot d'échappement pétaradait tout en lâchant une fumée noire. Le premier diagnostic de Zhang fut que la conduite d'huile était en cause, pourtant, après s'être glissé sous le véhicule et avoir procédé à une inspection à la lueur de la lampe électrique, il n'avait rien trouvé de suspect. Or, quand on accélérait, le phénomène persistait. C'était le moment juste avant le point du jour, quand la nuit est la plus noire, l'air était froid, le sol couvert de gel et de neige. Zhang étendit à terre une vieille veste ouatinée et se glissa de nouveau sous le camion, il refit son inspection, encore et encore, sans trouver la moindre défaillance. Nous étions dans la cabine de conduite à fumer, moroses, Zhang marmonnait tout bas : « C'est bizarre, merde alors, c'est vraiment bizarre. Camion, mon vieux pote, qu'est-ce qui t'arrive aujourd'hui ? Je te conduis depuis une dizaine d'années, et je ne t'ai jamais manqué d'égards ! » En l'entendant parler ainsi, je me sentis gagné à mon tour par la crainte et la suspicion. Je repensai d'abord au camion du père de Lu Wenli, nous étions à cent kilomètres de la ferme de la rivière Jiao, en voiture, ce n'était pas si loin, ces deux-là ne seraient pas, par hasard, pressés de se revoir ? Zhang répétait : « Mon vieux pote, coordonnons nos efforts pour accomplir à bien cette mission, livrer ces pommes et ces oignons à Pékin. Au retour, nous ferons, c'est sûr, un petit détour jusqu'à la ferme de la rivière Jiao, pour rendre visite à ta jumelle... » Le technicien Zhang était pratiquement sur la même longueur d'ondes que moi.

Le soleil se leva, rouge, les terres de chaque côté de la route n'étaient qu'une vaste étendue blanche, c'était peut-être des frimas et de la neige ou bien du sel. Nous entrâmes dans la ville de Shouguang à la vitesse de l'escargot, avec l'idée de nous restaurer un peu. Le lieu, à cette époque-là, offrait un spectacle de désolation. Il n'y avait qu'une route et sur le bord de cette route, une seule auberge, sur les vitres étaient inscrits ces mots : « Ouverture à huit heures », mais ce fut en fait à neuf heures. Il n'y avait rien d'autre que des pains à la vapeur de la veille. Voyant que nous étions des soldats de l'APL, l'employée se montra plutôt aimable, acceptant de nous réchauffer les pains au plus vite, elle nous offrit en outre une thermos d'eau chaude et une assiette de légumes salés. À cette époque, il fallait donner un ticket correspondant à cent grammes de céréales, mais je n'avais sur moi que de grosses coupures valables dans tout le pays. L'employée, ne pouvant me rendre la monnaie, demanda des instructions à son chef. Il fut décidé que nous donnerions, en espèces, trente centimes par ticket correspondant à une livre.

En 2003, répondant à une invitation, je me suis rendu à Shouguang pour la foire aux légumes, la ville était des plus modernes avec des gratte-ciel et de vastes avenues. Sur les terres désolées ce n'était que serres à touche-touche. Ces serres ont changé le menu des Chinois, ont brouillé les saisons agricoles et la végétation locale. Les gens du coin y ont cultivé diverses espèces de produits maraîchers, de courges et de fruits inconnus jusque-là au bataillon, et qui ont étonné acheteurs et visiteurs chinois ou étrangers.

Après nous être restaurés, nous reprîmes la route, le vieux Gaz-51 continuait de faire des siennes, nous ne pouvions que rouler lentement, pétaradant et lâchant de la fumée, ce ne fut pas facile d'arriver au chef-lieu de Beizhen de la région de Huimin ; là, nous avons mis le camion dans un atelier de réparation, demandant à un vieil artisan de procéder à une révision. L'homme avait les cheveux tout blancs, il lui manquait deux doigts à la main gauche, mais il avait des gestes précis et énergiques qui forçaient l'admiration. À la vue de notre vieux camion, ses yeux brillèrent, il dit : « Eh, eh, le vétéran roule encore. » Zhang lui offrit une cigarette, cherchant à se faire bien voir. Le vieil artisan avait participé à la guerre de soutien à la Corée contre l'agression des États-Unis en tant que mécanicien, chose étrange, c'était un compagnon d'armes du premier chauffeur de notre camion, ce héros mort au volant. Le vieil homme était tout excité, il tournait autour du véhicule, le caressait, comme un cavalier qui retrouverait un bon cheval dont il aurait perdu la trace depuis longtemps. Il prit place dans la cabine, fit faire au Gaz une dizaine de tours sur la piste d'essai du garage, à sa descente, il confirma qu'il s'agissait bien d'un problème de conduite d'huile. Il procéda avec sérieux à plusieurs examens sans trouver la moindre avarie. Il dit : « Hélas, c'est la vieillerie, faudra faire avec. » Comme nous voulions le régler, il agita la main et nous fit signe de partir.

Nous reprîmes la route. Dès que nous accélérions, c'était de nouveau pétarade et fumée. Zhang arrêta le camion sur le bord, il posa sa tête sur le volant et resta ainsi longtemps sans bouger. Je finis par lui dire :

« Technicien Zhang, si nous démontions complètement la conduite d'huile pour un contrôle complet ? Se pourrait-il, lorsque nous avons conduit le camion au secteur concerné de la garnison pour une grande révision avant de partir, qu'ils aient oublié quelque chose là-dedans ?

– Et qu'est-ce que ça pourrait bien être ? Du district de Huang à Weifang, nous avons fait du quatre-vingt-dix kilomètres à l'heure, et il roulait très bien ! »

Il n'en descendit pas moins du camion et me regarda démonter la conduite d'huile. Arrivé au filtre, j'en sortis un bouchon en céramique, Zhang poussa un cri : « Bonne mère, c'est quoi ce truc ! » Le bouchon avait été mis par le mécanicien, bien intentionné, du service de maintenance de la garnison, mais voilà, il avait des trous trop petits, si bien que l'approvisionnement en huile était insuffisant et c'était ce qui empêchait notre camion de s'envoler ! Zhang projeta avec force au sol le couvercle en céramique, il attrapa la clé, replaça le circuit de graissage, s'essuya les mains avec un chiffon, mit ses gants, sauta dans le camion, appuya sur l'accélérateur et démarra dans un vrombissement pour monter à soixante kilomètres à l'heure, sans pétarade ni fumée, tout était normal. « L'enculé, avoir bridé mon petit poulain ! » jurait Zhang surexcité, comme s'il avait été un cavalier chevauchant un fin coursier filant comme le vent.

Quand nous arrivâmes à Cangzhou, le soleil rouge sombrait déjà à l'horizon, nous fûmes contraints de chercher une chambre à l'auberge. Tout était plein, l'employée, une grosse fille, très gentille, nous voyant fatigués, nous dit : « Camarades soldats, si vous vous en contentez, je peux vous installer un couchage à même le sol. » Aussitôt dit, aussitôt fait, elle nous apporta en plus à chacun une cuvette d'eau chaude pour nous laver les pieds. Cela nous toucha. Quand Zhang s'était allongé par terre pour réparer la voiture, il avait pris froid, il ne cessait de tousser, je courus jusque dans la rue, trouvai une pharmacie, lui achetai des remèdes contre le rhume et les lui fis prendre. J'avais fait tout exprès un détour pour aller voir notre camion, il était arrêté sur le bord de la route, la bâche de protection était bien en place. Je lui avais tapoté l'avant : « Ce fut dur, hein ! »

Cette nuit-là, nous avons dormi comme des bienheureux. Au réveil, le rhume de Zhang était passé. La grosse fille nous informa que l'hôtel proposait des beignets, des grosses galettes, de la bouillie claire de riz, toutefois, si cela ne nous convenait pas, elle pouvait nous aider à acheter des raviolis, mais pas avant huit heures. Nous étions pour la première proposition. Ainsi repus, nous reprîmes la route. À midi, après avoir traversé le district de Tong, nous entrions dans Pékin, une fois sur l'avenue Chang'an, Zhang fit le fou, le vieux Gaz allait plus vite que les petites voitures. Un agent de police en uniforme bleu et manchettes blanches, son bâton à la main, nous arrêta. Il fit des reproches sévères à Zhang pour excès de vitesse. Ce dernier reconnut ses torts, se confondit en excuses, il dit qu'il venait pour la première fois à Pékin, qu'il ne connaissait pas le règlement. Pékin, juste ciel, c'était donc Pékin! Comment moi, pauvre gosse du canton de Dongbei à Gaomi, aurais-je pu imaginer que, le 18 janvier 1978, je me trouverais dans la capitale! Je voyais des automobiles à la pelle, des blanches, des noires, et des jeeps vert prairie. Je voyais des gratte-ciel et de grands édifices en veux-tu en voilà. Et puis aussi plein d'étrangers au nez proéminent et aux yeux bleus. La superficie du Pékin de l'époque ne représentait même pas le dixième de ce qu'elle est aujourd'hui, mais, à mes yeux, la ville était si grande que j'en étais pris de panique.

3

Nous étions sortis de la ville et continuions tout droit vers le nord, suivant la route de montagne qui serpentait. À la passe Juyong, nous nous sommes faufilés par une ouverture dans la Grande Muraille et nous avons roulé plus d'une heure, toujours en direction du nord, pour finir par arriver dans l'enceinte du commandement. Pommes et oignons firent la joie de tous. Une fois la marchandise déchargée, elle fut remplacée dans le camion par une table de ping-pong, quatre ballons de basket, dix fusils avec baïonnette d'exercice en bois, quatre équipements de protection contre les baïonnettes, vingt grenades à main d'exercice à manche en bois, deux manteaux garnis de fourrure pour les tours de garde. Nous prîmes le chemin du retour. Deux à l'aller, nous nous retrouvâmes trois pour le trajet inverse. C'était un nouveau chauffeur affecté à notre unité, enrôlé en 1977, il venait juste d'être diplômé de la brigade de formation automobile, il se nommait Tian Hu, était originaire de Yishui au Shandong, il avait de grands yeux, des dents blanches, un air enfantin.

Ce n'était pas rien que d'être venus à Pékin, et nous n'étions pas sûrs de pouvoir y revenir un jour, n'était-ce pas dommage de se contenter de traverser la ville ? Avant de repartir, nous avions fait part à un responsable de la logistique de notre envie de rester, fût-ce un seul jour, dans la capitale, afin de nous photographier devant Tian'anmen, histoire de n'avoir pas fait le voyage pour rien. Le dirigeant nous avait tout bonnement donné trois jours et avait contacté pour nous un centre d'accueil en ville dépendant de notre administration. À l'époque, nous n'avions ni carte de résident ni carte d'officier ou de soldat ; or, pour être enregistré dans tout hôtel, centre d'accueil, il fallait une lettre de recommandation. Il nous en remit trois, en blanc, avec le cachet officiel, en cas de nécessité en chemin.

Nous sommes d'abord allés faire la queue pour nous faire tirer le portrait sur la place Tian'anmen, puis nous avons fait de nouveau la queue pour visiter le mausolée du Président Mao et rendre un dernier hommage à sa dépouille mortuaire.

À le regarder dans son cercueil de verre, je repensai comment, deux ans auparavant, l'annonce de sa mort avait laissé à penser qu'un grand cataclysme était survenu. Nous avions compris soudain qu'en ce monde, en fait, il n'y avait pas de divinités. Autrefois, même en rêve, nous n'aurions pu imaginer que le Président pouvait mourir un jour, et pourtant il était bel et bien mort. Nous pensions à l'époque qu'avec sa disparition c'en serait fini de la Chine, et pourtant, deux ans après, non seulement ce n'était pas le cas, mais le pays se redressait même peu à peu. Les universités avaient recommencé à mettre en place des examens d'entrée pour recruter des étudiants, dans les campagnes, les étiquettes « propriétaire terrien », « paysan riche » avaient disparu, chez les paysans la nourriture était abondante, les bœufs de la brigade de production avaient engraissé. Et même quelqu'un comme moi se retrouvait, qui l'eût cru, à Tian'anmen, à se faire prendre en photo et à regarder de ses propres yeux la dépouille mortuaire du Président Mao. Les deux jours qui suivirent, nous sommes allés au parc

Beihai, au temple du Ciel, et au Musée d'histoire naturelle tout à côté, il y avait là le squelette d'un énorme dinosaure qui me fit grande impression. Nous sommes allés aussi à la Cité interdite, à la colline de Charbon, au palais d'Été, au zoo et dans la prospère avenue Wang Fujin et aussi au marché Xidan où j'ai acheté trois sacs à dos en simili cuir noir, un pour moi, les deux autres pour des copains d'armée. J'ai également acheté une écharpe rose pour ma fiancée.

Elle m'avait été présentée par un de ses lointains parents lorsque j'étais travailleur temporaire à l'usine de transformation du coton. À l'époque, j'avais longuement hésité, l'homme m'avait dit, acerbe : « Ne va pas faire une erreur de jugement ! Le cochon bien gras donne de la tête contre la porte et, toi, tu t'imagines que ce sont les griffes d'un chien qui la grattouillent ! » Il devait plus tard me dire la vérité : s'il m'avait présenté la fille d'un de ses parents, c'est parce que mon oncle était comptable à l'usine et qu'il espérait, grâce à cette relation, obtenir un travail fixe dans l'établissement. Une fois mariée, elle m'avait dit qu'avant moi un certain Liu, membre du comité permanent du Parti de la commune populaire, l'avait présentée au neveu du vice-secrétaire Guo du comité du Parti de cette même commune, et qu'elle n'avait pas acceptée car elle reprochait au jeune homme ses petits yeux. Après s'être fiancée avec moi, Liu l'avait raillée : « Tu reprochais au neveu du secrétaire Guo ses yeux trop petits, à présent, c'est sûr, tu as trouvé un homme avec de grands yeux ! » Elle avait répondu : « Les yeux du neveu du secrétaire étaient petits et sans éclat, ceux de petit Mo sont petits mais lumineux, voilà la différence. » Bien des années plus tard, alors que j'étais devenu écrivain, réputation imméritée, Liu disait à ceux qu'il rencontrait que ma femme sentait bien les gens.

Nous avons aussi fait deux heures de queue pour entrer manger des raviolis au petit restaurant du carrefour Xidan, raviolis fourrés à la viande grasse, de ceux qui suintent la graisse quand on mord dedans ; ils étaient confectionnés à la machine dans le restaurant même. La dizaine de tables en était séparée par un comptoir qui faisait à peine un mètre de haut. À l'époque j'avais trouvé que c'était là une belle invention : de ce côté-ci on faisait entrer farine, eau et viande, tandis que de l'autre, les raviolis tout prêts tombaient un à un dans la marmite d'eau chauffée à gros bouillons, c'était vraiment extraordinaire. Quand, de retour à la maison, j'avais raconté cela à ma mère, elle n'y avait accordé aucun crédit. À y repenser, les raviolis faits à la machine avaient plus de pâte que de viande, en cuisant, la moitié s'étaient ouverts, ils n'étaient vraiment ni beaux ni bons, pourtant, à l'époque, manger des raviolis faits à la machine au marché Xidan, c'était de l'eau pour le moulin de ceux qui voulaient fanfaronner une fois rentrés au pays. À présent, personne ne mange plus de tels raviolis depuis longtemps, sur toutes les enseignes de restaurants spécialisés, il est bien spécifié qu'ils sont fabriqués à la main. Autrefois encore, plus la viande était grasse, mieux c'était, à présent les raviolis végétariens sont à la mode. Les choses changent, c'en est un petit exemple.

Sur le chemin du retour, le technicien Zhang laissa le volant à Tian Hu, lui-même se serra avec moi sur le siège du copilote. L'arrivée de Tian Hu avait complètement brisé mon rêve de devenir chauffeur de camion. Zhang se rendit compte de mon abattement, il me dit tout bas : « Petit Mo, tu as un immense talent littéraire, faire de toi un simple chauffeur n'est-ce pas prendre un canon antiaérien pour tuer un moustique, n'est-ce pas te

sous-estimer ? Attends, et la chance te sourira. »
Ses paroles me réconfortèrent un peu mais, quand
je pensais à mon avenir, j'étais toujours dans le
brouillard. Était-il possible qu'après m'être épuisé
à briser les barreaux de ma cage, m'être démené
pendant deux ans, je m'en retourne sans avoir rien
accompli. « Non, je ne le veux pas, je veux lutter !
Je veux me battre ! »

Pendant ce séjour à Pékin, j'avais fait un rêve,
j'avais rêvé qu'avec le technicien Zhang je retour-
nais au pays, notre camion et celui du père de Lu
Wenli étaient arrêtés sur le terrain de sport devant
l'école.

Les deux Gaz-51 ont l'avant enrubanné de soie
rouge, le nez des véhicules est décoré d'une grosse
fleur, rouge aussi, confectionnée également dans de
la soie. À côté des camions, la fanfare militaire de
l'école y va des cuivres et des tambours, de nombreux élèves agitent des rubans de soie, interprétant
une danse bien cadencée aux gestes simples. En
pleine nuit, la lune est au beau milieu du ciel. C'est
seul que je me suis rendu sur les lieux. Je vois les
deux Gaz-51, pareils à deux petits chiens, se renifler
la truffe afin d'identifier l'autre. Ils poussent souvent

des cris sonores, comme font deux baudets qui se retrouvent après une longue séparation. Puis ils se placent à plusieurs dizaines de mètres de distance, alors ils s'avancent et se remettent truffe contre truffe. Après avoir accompli trois fois ce rituel, le camion du père de Lu Wenli fait une ruade et fonce de l'avant, le camion de notre unité démarre à sa suite. Les deux Gaz-51 se lancent dans une course-poursuite autour du terrain de sport, on dirait la course d'un âne poursuivant une ânesse. C'est alors que je réalise brusquement que ces deux camions ne sont pas des jumeaux, mais deux amoureux. Ils se poursuivent, s'accouplent puis, à la file, donnent naissance à des petits camions...

Je racontai ce rêve à Zhang et à Petit Tian. Le premier dit : « Je vois bien qu'il va nous falloir faire un tour à la ferme d'État de la rivière Jiao. » Petit Tian dit : « Mon père a fait le même rêve, mais le lendemain il a eu un accident. » Son père est chauffeur lui aussi. Le technicien Zhang lui dit : « Salaud de petit bleu, espèce d'oiseau de malheur ! »

Ces propos de mauvais augure, qui étaient venus violer les tabous du technicien Zhang, furent pour moitié la cause de sa volte-face. Alors que les choses avaient été bel et bien décidées, arrivés à Weifang, il changea d'avis. Il était plus de neuf heures du soir, le ciel était étoilé. Il me dit : « Petit Mo, nous sommes restés partis trop longtemps, tous ces jours-ci, j'ai eu la paupière qui sautait, je ne me sens pas dans mon assiette, je m'inquiète pour mon fils. Puisque nous sommes déjà arrivés jusqu'ici, je vais te déposer à la gare, tu prendras le train pour aller voir les tiens. De retour, je vais t'aider à obtenir une permission, si cela coince, je me chargerai de tout. Petit Tian et moi rentrerons par la route Yanwei. »

Je comprenais ce qu'il ressentait, quand bien même l'événement imaginé tant de fois : nous, faisant sensation en entrant dans le village sur un Gaz-51 utilisé dans l'armée, éclatait comme bulle de savon, me laissant un peu perdu, cependant, pouvoir rentrer voir les siens au bout de deux ans d'armée, ce n'était pas une chose facile à obtenir. Après m'avoir déposé devant la gare, le technicien Zhang et Petit Tian démarrèrent pour reprendre la route. Je regardai longuement disparaître les feux arrière du Gaz-51, alors seulement j'entrai dans la gare acheter mon billet.

C'était la seconde fois dans ma vie que je prenais le train. La première fois, c'était au printemps de mes dix-huit ans, j'avais accompagné mon frère aîné et mon neveu qui allaient reprendre le bateau à Qingdao pour rentrer à Shanghai, cela m'avait donné de quoi alimenter mes fanfaronnades. Cette seconde fois, j'étais tout aussi ému. Le train était bondé, le wagon empestait l'urine. Deux hommes se disputaient les toilettes, cela se termina par un nez amoché et une oreille blessée. À l'époque, je ne trouvais pourtant rien d'arriéré là-dedans. De Weifang à Gaomi il y avait plus de cent kilomètres, il ne nous fallut pas moins de trois bonnes heures, ponctuées de cahots pour les parcourir. En 2008, l'UEM *Harmonie* ne mettait qu'un peu plus de cinq heures pour couvrir les huit cents kilomètres de Pékin à Gaomi.

Quand j'arrivai en gare de Gaomi, c'était déjà le petit matin. Le soleil se levait, emplissant le ciel de sa lumière rouge. À peine eus-je franchi le contrôle que s'éleva, sur la place de la gare, venant de la boutique d'un petit vendeur de beignets et de lait de soja, la mélodie d'un opéra à voix de chat. Je ne l'avais pas entendue depuis bien longtemps. C'était un air du répertoire traditionnel, le célèbre grand adagio du *Luoshan ji* (Récit de la tunique de soie), chanté par le rôle de la vieille femme. La voix vibrait d'une telle tristesse que mes yeux s'emplirent de larmes – il y a quelques jours, sur la chaîne Opéra, à la télévision nationale, lors de ma présentation de l'opéra à voix de chat, j'ai raconté cette histoire. J'achetai une demi-livre de beignets, un bol de lait de soja, et mangeai tout en écoutant. Les deux côtés de la place étaient occupés par des étals de nourriture, ces petits commerçants hélaient le chaland. Deux ans auparavant, aux abords de cette même place, seul le restaurant d'État vendait de quoi se sustenter, l'attitude du personnel était détestable. Désormais, chaque petit commerce était en compétition avec les autres. Quelques années encore et l'économie individuelle surgirait partout comme pousses de bambou après la pluie tandis que les restaurants, coopératives d'approvisionnement et de vente, boutiques relevant de la propriété du peuple ou collective feraient faillite les uns après les autres.

Je pris le bus en direction du canton de Dongbei, j'arrivai chez moi à quinze heures seulement. À la vue du délabrement de la maison, de mes parents, vieillis, j'éprouvai un désespoir immense. Je leur parlai de ma situation dans l'unité, aucun appui pour devenir cadre, aucun espoir d'apprendre à conduire et, dans deux ans tout au plus, pendant lesquels il me faudrait continuer de vivoter, ce serait le retour à la maison, démobilisé. Mère dit : « Et moi qui pensais que tu pourrais réussir malgré tout... » Je répondis : « Il faut s'en prendre à mon destin qui n'est pas bon et qui m'a valu cette affectation dans une unité pareille. Si j'avais été envoyé dans une armée de campagne, qui sait si je ne serais pas déjà promu cadre. » Père dit à son tour : « Ça ne sert à rien de dire tout ça. Les conditions de vie à la maison sont ce qu'elles sont et tu les connais parfaitement. Quand tu retourneras là-bas, il faudra malgré tout bien travailler, ne pas lésiner sur l'effort, les êtres humains meurent de maladie, jamais de fatigue à la tâche. Si tu es prêt à t'investir dans ton travail, les dirigeants finiront par le remarquer. Si tu ne peux devenir cadre ou apprendre à conduire, il faut au moins trouver un moyen pour entrer au Parti. Ton père a travaillé toute sa vie en restant loyal et dévoué au Parti, il a aspiré à y entrer, même la nuit il en rêvait, en vain, il n'y a plus d'espoir pour lui que cela arrive en cette vie, c'est à vous maintenant de réussir. Si tu parviens à entrer au Parti, même rendu à la vie civile, tu auras tout de même gagné un peu de prestige. »

4

Après mon retour à la caserne, mon chef vint me trouver pour discuter avec moi. Il me dit que les autorités supérieures avaient attribué à notre centre une place pour l'examen d'entrée à l'Institut de technologie du génie de l'APL à Zhengzhou. Au terme de délibérations, on me demandait de réviser mes cours et de me préparer à passer l'examen. Ma tête se mit à bourdonner, je restai longtemps comme si j'avais reçu un coup de massue. Je me rappelle fort bien que ce jour-là, à midi, pour améliorer l'ordinaire, nous avions eu chacun une « tête de lion », en ce temps-là, c'était un plat délicieux et rare, mais quand je l'eus dans la bouche, ce fut comme si je mâchais de la cire, je trouvai, pour la première fois de ma vie, que la boulette de viande n'avait aucun goût. Et pourquoi cela ? C'est que les dirigeants de la station étaient persuadés depuis toujours que j'étais diplômé du lycée, d'où leur décision de me présenter à l'examen. Or, en fait, j'étais allé jusqu'à la cinquième année de primaire, si je pouvais peut-être me débrouiller pour la langue et la politique, en ce qui concernait les mathématiques, la physique et la chimie, je n'y connaissais rien. Quant à la spécialisation, il s'agissait de la maintenance des terminaux des computers et c'était bien trop difficile pour moi. Mais voilà, si je révélais la vérité, je serais bel et bien fichu. Je pris le taureau par les cornes, j'acceptai la proposition.

Un technicien radio de notre station, un nommé Ma, originaire du Hunan et qui avait le même âge que moi, bien disposé à mon égard, me dit, pour me remonter le moral, que, selon ce qu'il en savait, ce quota était en fait une fleur faite aux stations périphériques, que l'examen n'était qu'une simple formalité : il suffisait de ne pas rendre copie blanche pour pouvoir intégrer l'école. Je dis : « Mais c'est que je ne sais même rien des quatre opérations fondamentales de l'arithmétique, fractions, additions, soustractions ! » Il me dit alors qu'il me les enseignerait. « Avec un cerveau comme le tien, qu'est-ce que tu ne pourrais apprendre ? Et il reste encore six mois. » Je décidai donc de me lancer à corps perdu dans le combat. J'envoyai une lettre à la maison, demandant qu'on m'envoyât les manuels de collège et de lycée de mon frère aîné. Tous les soirs, j'allais prendre des cours chez le technicien Ma. Avec l'accord des dirigeants, on installa pour moi, dans la réserve à outils, une table et une chaise, j'en eus l'accès pour aller y étudier en dehors des heures de service. Afin de me permettre de me concentrer sur l'examen, mes tâches de vice-chef d'escouade furent confiées par intérim à un appelé de 1977.

Comme mon frère aîné avait été le premier étudiant du canton de Dongbei, j'avais ressenti toute la gloire qu'il avait apportée à la famille aussi, depuis tout petit, je rêvais d'entrer à l'université à mon tour. Or l'occasion de réaliser ce rêve était arrivée. Mais il me fallait, pendant les heures qui me restaient après le service, au cours de ces six mois, étudier par moi-même tout le programme de lycée en mathématiques, physique, chimie, c'était vraiment d'une trop grande difficulté. Je n'avais même pas le temps de faire des exercices, je ne faisais que lire le cours et, quand j'avais compris, je continuais plus avant. Tant de formules à engloutir, je les apprenais par cœur de façon mécanique, sans réfléchir. Les murs de la pièce étaient recouverts de mes crayonnages. Je me débattais entre espoir et désespoir. Mais c'était le désespoir qui l'emportait, l'espoir étant de moins en moins fondé. J'étais maigre, échevelé, j'avais le teint jaune, notre instructeur disait que j'avais l'air d'un détenu. En août, il vint me trouver et me dit : « Je viens de recevoir un coup de téléphone des autorités supérieures, ce quota accordé précédemment à notre station pour l'examen a été supprimé, j'espère que tu vas prendre cela comme il convient. » Je me sentis soulagé d'un grand poids, mais en même temps profondément frustré. L'instructeur annonça la chose à l'assemblée générale de toute la station et, en même temps, ma réintégration dans les fonctions de vice-chef d'escouade de garde. Le mouvement en faveur de la diffusion de la culture dans l'armée était en plein essor, l'instructeur me demanda de donner des cours de mathématiques aux soldats. Je pris alors conscience du fait qu'en six mois j'avais vraiment acquis pas mal de connaissances. Puis un officier supérieur vint en inspection, et, après avoir entendu un de mes cours sur les fonctions trigonométriques, il trouva mon niveau excellent. Ma mutation comme enseignant au bataillon de formation de Baoding ne fut pas sans rapport avec ce cours.

Mon rêve d'entrer à l'université était brisé, celui d'entrer en littérature se fit plus exacerbé. À l'époque, une simple nouvelle pouvait vous apporter la notoriété. Je m'abonnai à titre privé à *Littérature du peuple* et à *Arts et Lettres de l'Armée populaire de libération*. À partir de septembre 1978, je me mis à l'apprentissage de la création littéraire. Je commençai par une nouvelle intitulée *Maman* puis, dans la foulée, une pièce de théâtre en six actes, *Divorce*. Notre facteur était un homme d'âge moyen, de petite taille, qui avait un œil invalide et répondait au nom de Sun. Nous l'appelions tous Vieux Sun, certains officiers d'État-Major, plutôt désinvoltes l'appelaient en douce « le cyclope ». Quand j'entendais le bruit de sa moto, mon cœur battait la chamade. C'est que j'avais expédié les deux manuscrits, j'attendais une bonne nouvelle. Elle fut, pour la meilleure, une lettre de refus de la société Arts et Lettres de l'APL, écrite au stylo plume, la pièce de théâtre était trop volumineuse, on me conseillait de la proposer ailleurs. Avant d'être muté à Baoding, mon subconscient me dicta de ne pas m'encombrer de trop de choses, de recommencer tout à zéro, si bien que je brûlai les deux manuscrits.

En 1999 je suis retourné également sur ces lieux, la caserne était devenue un élevage de poulets. Je suis entré jeter un œil dans la remise à outils de l'époque, on pouvait encore distinguer sur les murs les graffitis des formules de mathématiques, de physique et de chimie.

5

1979 fut une année cruciale et pour le pays, et pour moi. Ce fut d'abord, le 17 février, le déclenchement de la guerre d'autodéfense contre le Vietnam. Une troupe de deux cent mille hommes pénétra à l'intérieur des frontières du Vietnam par le Guangxi et le Yunnan. Le lendemain matin, au petit déjeuner, nous apprîmes par la radio l'acte héroïque qui avait coûté la vie à Li Chengwen lors du bombardement des positions fortifiées ennemies. Beaucoup de nos conscrits étaient partis pour le front. Je les enviais au plus profond de moi. J'espérais avoir à mon tour une telle occasion, aller au combat, devenir un héros, en revenir pour recevoir mérite et promotion. Si je mourrais au champ d'honneur, mon père et ma mère auraient alors le statut de « parents de martyr », cela changerait la situation politique de la famille et, du coup, ils ne m'auraient pas mis au monde ni élevé pour rien. Et je n'étais pas le seul à penser ainsi. Cela pourra sembler simpliste, enfantin, mais c'était vraiment une déformation des mentalités propre à nous autres, fils de paysans moyens pauvres, nous qui avions cruellement souffert de l'oppression politique. Plutôt une mort glorieuse qu'une vie ratée. On se battait au front, aussi, dans notre unité, rectifia-t-on l'indiscipline qui s'était installée au fil du temps : et de faire des exercices sur le terrain, de l'entraînement, de prendre son tour de service, de travailler manuellement, de prendre son travail avec plus de sérieux sans ménager sa peine. Mais la guerre prit fin rapidement et notre unité reprit ses bonnes vieilles habitudes.

À la fin juin de la même année, je fus autorisé à rentrer me marier au pays. La cérémonie eut lieu le 3 juillet, ce jour-là, il plut abondamment. Pendant ces congés, je rencontrai des compagnons d'armes de retour du front, ils avaient tous acquis des mérites, deux d'entre eux étaient même passés cadres, je les enviais au plus profond de moi. Mais, moi, qu'est-ce qui m'attendait ? Peut-être dans quelques mois me faudrait-il revenir à la vie civile et rentrer au pays.

Le lendemain des noces, je me rendis à vélo à la ferme de la rivière Jiao, je donnai comme explication que j'allais passer un moment avec des anciens camarades de classe, mais c'était en fait pour aller voir le Gaz-51 du père de Lu Wenli, celui qui avait bien failli me faire perdre la vie. Je le vis sur le parking de la ferme. Le père de ma camarade était en train de le repeindre. Je m'avançai, sortis des cigarettes et lui en offris une. Je lui dis : « Maître Lu, vous ne me reconnaissez donc pas ? » Il secoua la tête en riant. Je lui dis que j'étais un camarade de primaire de sa fille, que mon patronyme était Mo, mon nom entier, Mo Ye. Il dit :

« Ah, ah oui, je me souviens, mais oui je me souviens. Cette année-là, j'avais arrêté mon camion dans votre village, tu avais ouvert la porte et chipé une paire de gants.

– Ah non, ce n'était pas moi, c'était He Zhiwu, et il ne s'était pas contenté de ça, il avait dégonflé les pneus du camion.

– Ce petit drôle, je le savais bien, depuis tout petit c'était un arrogant de première, un vrai sac à malices. En plus de dégonfler les pneus, il avait emporté l'obus de la valve après l'avoir cassé en le tordant. Après cela il a entamé des négociations avec moi, il voulait m'emprunter mon uniforme militaire, ma casquette, il m'a dit que si je ne les lui prêtais pas, il répandrait des chausse-trapes sur la route pour crever mes pneus. »

Je repensai immédiatement à cette scène, une dizaine d'années auparavant, quand le Gaz-51 du père de Lu Wenli avait jeté l'ancre dans la rue. Des six pneus, quatre étaient à plat. Le père de notre camarade s'était mis dans une violente colère, déversant des torrents d'injures. À cette époque-là, à l'école, on me considérait comme le suspect numéro un, on m'avait donc soumis longuement à interrogatoire. Liu Grande Bouche avait agité devant moi le tisonnier chauffé au rouge, m'intimant d'avouer franchement la vérité. J'avais l'esprit tranquille, je ne m'étais pas laissé intimider...

Comme je demandais des nouvelles de Lu Wenli, il répondit : « Elle a un emploi, elle travaille dans une fabrique de caoutchouc au district. »

Je lui dis : « Être employé dans votre ferme, c'est vraiment bien, ici, c'est la propriété du peuple tout entier, la fabrique de caoutchouc relève de la propriété collective. »

Il me répondit : « Comment, tu ne le sais pas ? Nous sommes à présent gérés par le district, le terrain va également être sous contrat, désormais il n'y aura plus de grande différence entre nous et les paysans ordinaires. »

Je désignai le Gaz-51 repeint à moitié, ainsi que les machines délabrées sur le parking et demandai : « Et tout ça ? »

Il répondit :

« On vendra ce qu'on pourra, le reste sera abandonné à la rouille.

– Et le Gaz-51, il sera vendu ?

– Il y a quelques jours, le He Zhiwu en question a envoyé un télégramme de Mongolie disant qu'il achetait ce vieux camion pour la somme rondelette de huit mille yuans. Ce petit drôle, il doit y avoir quelque chose qui tourne pas rond dans sa tête, non ? Pour cinq mille de plus, il peut s'acheter un grand camion de la marque Libération tout frais sorti de l'usine. À ton avis, il essaie de me jouer un tour à sa façon ? »

Je soupirai, ému au plus haut point, je me disais : « He Zhiwu, ah, He Zhiwu, qu'est-ce que tu mijotes dans ton cerveau intelligent ? Tu peux sortir une si grosse somme pour acheter un véhicule, cela prouve que tu as fait fortune, mais alors pourquoi choisir ce vieux camion tout délabré ? Ainsi, tu serais prêt à jeter des milliers de yuans simplement parce que cela te rappelle le bon vieux temps ? »

Je dis au père de Lu Wenli :

« Maître Lu, moi non plus je ne comprends pas ce qui le pousse à agir ainsi, mais je suis convaincu qu'il ne cherche pas à vous jouer un mauvais tour.

– Comme il lui plaira, mais s'il veut vraiment l'acheter, au fond de moi, je suis un peu amer, car enfin, ce camion est resté avec moi combien d'années ? Je me sens vraiment attaché à lui ! » Après avoir dit cela, il leva sa brosse, en donna deux coups sur le Gaz, avant de me demander :

« Mon gars, tu es en service où ?

– Au district de Huang.

– Troupes de la garnison Penglai, régiment 34, c'est bien ça ?

– Nous dépendons de l'État-Major, le 34e régiment nous administre par délégation.

– Le chef de régiment Xu est un de mes vieux compagnons d'armes, il est officier d'État-Major chargé de la formation. »

Je dis tout excité :

« Le chef de régiment Xu est venu nous faire un rapport ! Quelle coïncidence ! Avez-vous quelque chose à lui remettre ? Je retourne demain à l'armée. »

Il reprit sur un ton morose :

« Lui est un respectable chef de régiment, tandis que, moi, je suis un pauvre bougre de chauffeur, je ne vais pas rechercher ses faveurs. »

J'aurais bien voulu ajouter quelque chose, mais il avait repris sa brosse et passait la peinture sur le camion. Naturellement, j'avais entendu parler de ce qui lui était arrivé. Après être rentré du champ de bataille en Corée, il avait été commandant de compagnie, investi capitaine avec une carrière prometteuse, mais, malheureusement, comme de nombreux hommes qui voient leurs ambitions se réaliser très tôt, il avait « relevé la queue par-derrière et le sexe par-devant », c'est ainsi qu'il avait ruiné son bel avenir.

Le jour même de mon retour à l'armée, je me rendis intentionnellement tôt au chef-lieu du district, j'achetai un billet pour Huang par bus longcourrier, il restait deux heures avant le départ. À cette époque-là, la ville était peu étendue, je mis une demi-heure d'une marche rapide pour me rendre à l'usine de caoutchouc, au sud de l'agglomération. Je demandai au vieux gardien à l'entrée où trouver Lu Wenli, il me dit qu'il lui semblait bien qu'elle était de l'équipe de nuit. Puis il me demanda ce que j'étais pour elle, pourquoi je voulais lui parler. Je lui dis que j'étais un camarade de classe, que j'étais en permission et que, passant par là, j'avais eu envie de la voir. Le vieil homme, remarquant sans doute mon uniforme de l'APL, me dit alors : « Veux-tu que je la fasse venir ? » Je répondis : « Oui, s'il vous plaît. » Il reprit : « Alors remplace-moi, surveille les entrées, je m'en vais la chercher. » Je regardais ma montre de temps en temps – j'avais emprunté à un camarade d'armée une montre de la marque Zhongshan d'une valeur de trente yuans –, c'est que je craignais de rater mon bus. Un bon moment après, le gardien revint avec elle. Elle avait mis sur ses épaules un manteau court, portait un pantalon de survêtement rouge et ses pantoufles en savates, elle avait les cheveux en bataille, l'air à moitié réveillé, elle ne faisait que bâiller. Je m'avançai rapidement vers elle, l'appelai par son nom. Elle me toisa de haut en bas, et me dit avec indifférence : « Ah, c'est toi, qu'est-ce qui t'amène ? »

Je dis très embarrassé : « Euh, rien de spécial... je rentre à la caserne... j'avais un peu de temps avant de prendre le bus... j'en ai profité pour rendre visite à une ancienne camarade... avant-hier je suis allée à la ferme de la rivière Jiao, j'y ai vu ton père, c'est lui qui m'a dit que tu travaillais ici... »

Elle me répondit, excédée : « Si t'as rien de spécial à me dire, je repars dormir. » Et elle tourna les talons. Je suivis des yeux sa silhouette de dos, j'avais du vague à l'âme.

Deux mois ne s'étaient pas écoulés depuis mon retour au sein de mon unité, quand je reçus mon ordre de mutation au régiment de formation de Baoding. Le camarade d'armée et pays qui m'avait prêté sa montre Zhongshan quand j'étais rentré me marier chez moi me dit sous le coup de l'émotion : « On dirait bien que se marier apporte la chance, dans quelques jours, moi aussi je vais rentrer me marier au pays. » Avant mon départ, il y eut un match de basket entre notre escouade de gardes et les cadres. Ce jour-là, la chance fut avec moi, je réussis pratiquement tous les lancés. Ce fut le match que j'ai disputé avec le plus de brio de toute ma vie.

Le 10 septembre, je me mis en route en compagnie du technicien Ma, lequel se rendait à Pékin pour affaires. Le Gaz-51 de Tian Hu nous conduisit à la gare ferroviaire de Weifang. Au revoir,

Gaz-51. En fait, c'était bel et bien un adieu. Je ne devais plus revoir ce camion. Où se trouve sa carcasse à présent ? Le Gaz-51 du père de Lu Wenli, lui, selon les dires des gens du village, avait vraiment été racheté par He Zhiwu. Ce dernier avait fait faire plusieurs tours au camion dans la grand-rue et sur le terrain de sport de notre école, réalisant ainsi son idéal d'être « le père de Lu Wenli », puis il s'en était allé avec superbe, laissant sur son passage un nuage de fumée et de poussière.

Une fois arrivé à Baoding, j'ai d'abord rempli les fonctions de chef d'escouade, je formais les étudiants tout juste reçus à l'examen de sortie du lycée. Ils suivaient un cursus sur deux ans qui débouchait sur un diplôme d'études supérieures de formation professionnelle, à la suite duquel ils étaient officiers au 23e échelon de la hiérarchie, le nom de leur spécialisation était à rallonge, en réalité, un casque sur les oreilles, ils transcrivaient les télégrammes.

Un mois plus tard, à la fin de la formation, je fus gardé au régiment comme chiffreur-archiviste, employé chargé des documents confidentiels, fonction que je cumulais par la suite avec celle d'instructeur politique, donnant aux étudiants des cours de philosophie et d'économie politique. Je n'avais aucune connaissance en la matière et on pouvait m'appliquer l'adage « Si le canard monte sur un support, c'est qu'il y est contraint. » Au début, cela me demanda beaucoup d'efforts, mais au bout d'un semestre, je pus faire face avec aisance. Alors, cette ambition littéraire qui n'était pas morte reprit du poil de la bête. Après des échecs répétés, finalement, en septembre 1981, mon premier roman *Par une nuit pluvieuse de printemps* fut publié dans la revue *L'Étang aux lotus* éditée à Baoding. Le printemps suivant, la nouvelle *Le Soldat laid* paraissait par le même canal. Un soldat, assumant un travail de cadre, capable, avec de grandes envolées, à en perdre la voix, d'expliquer aux étudiants les grands principes du marxisme et qui, par ailleurs, écrivait des romans, voilà de quoi attirer l'attention.

Le 3 novembre 1981, ma fille vint au monde. Mon frère aîné qui travaillait au Hunan suggéra, pour deux raisons, de l'appeler Ailian, c'est-à-dire « Passion de lotus ». D'abord, parce que mon premier roman avait été publié dans la revue *L'Étang aux lotus*, et puis, c'était une allusion au célèbre texte : *De la passion des lotus* de Zhou Dunyi de la dynastie des Song. Je jugeai ce prénom trop vulgaire et lui choisis celui de Xiaoxiao, « Petit Bambou ». Mais à l'école primaire, on trouva que ce prénom était trop long à écrire, on garda la même phonétique, mais on changea le sens en « Éclosion de rires », cela devait lui rester.

Grâce au soutien de personnages importants dans la hiérarchie militaire, au milieu de l'été 1982, alors que j'étais en vacances au pays, me parvint la nouvelle de ma promotion, à titre exceptionnel, au rang d'officier. L'ordre qui me nommait enseignant titulaire du régiment de formation doit encore se trouver dans mon dossier, non ? Je me rappelle fort bien que cette lettre m'avait été apportée par Père. Quand je l'eus informé de l'heureuse nouvelle, ses yeux brillèrent d'un éclat qui me fit chaud au cœur et me rendit triste tout à la fois. Il ne dit rien, prit sa houe et s'en retourna aux champs. L'expression qu'il avait eue me fit repenser immédiatement à celle d'un grand-père de notre clan, vivant dans un village voisin ; après que son fils avait été promu cadre, il avait parcouru le village en frappant du gong et en criant : « Mon fils est cadre ! Mon fils est cadre ! » La réaction toute de discrétion de mon père me fit mieux toucher du doigt son caractère, ses qualités morales et son expérience.

À l'automne 1984, je réussis l'examen d'entrée au département de littérature de l'Institut des arts de l'APL. Peu après, j'écrivis *Le Radis de cristal*, roman qui devait connaître un grand succès, puis, dans la lancée ce fut *Le Sorgho rouge*[1] qui fit sensation. Pendant les vacances d'été 1986, au pays, alors que j'achetais des légumes au marché, je rencontrai un certain Wan, d'un village voisin. Il me retint par le bras et, les yeux écarquillés, il rugit : « On raconte que tu as fait fortune ? Le roman s'est vendu pour plus d'un million ? » – ce chiffre, plausible de nos jours, à l'époque était sans aucun doute une ineptie. Sans attendre mes justifications, il reprit : « Ne crains rien, je ne viens pas pour t'emprunter de l'argent. Mon fils a réussi l'examen pour aller étudier aux États-Unis, encore quelques années et on aura plein de dollars ! »

À l'automne 1987, Zhang Yimou, avec Gong Li, Jiang Wen et les autres, vint à Gaomi tourner *Le Sorgho rouge*, film qui, au départ, avait pour titre « Le 9 septembre à Qingshakou ». Ces mots étaient tracés en rouge à la bombe sur le petit car de l'équipe.

---

1. Dont la première partie a paru en français sous le titre *Le Clan du sorgho* (Actes Sud, 1990).

Pourquoi, à l'époque, le film ne s'appelait-il pas *Le Sorgho rouge* ? Pourquoi ce nom a-t-il été donné après le tournage, je ne leur ai pas posé la question et eux ne m'ont rien dit là-dessus. Pour les habitants du canton de Dongbei à Gaomi le tournage d'un film était quelque chose de nouveau. Depuis la création du monde par Pangu, personne n'était encore venu tourner ici, dans ces marges reculées. Avant le démarrage, j'invitai le personnel artistique à manger à la maison. Zhang Yimou et Jiang Wen étaient tous les deux torse nu, ils avaient le crâne rasé, la peau toute foncée. Gong Li portait un vêtement en grosse toile ancienne, ses cheveux étaient coupés à la façon des paysannes, elle n'était pas maquillée, on aurait dit une petite jeune fille de la campagne, tout à fait ordinaire. Les gens du village pensaient que les actrices de cinéma étaient toutes des déesses descendues parmi les mortels, aussi après avoir vu Gong Li furent-ils très déçus. À l'époque qui aurait pu penser que, quelques années plus tard, elle deviendrait une immense star internationale, que ses gestes se feraient élégants, son regard charmeur, qu'elle serait expressive de mille manières. Le premier jour, les spectateurs étaient si nombreux qu'ils formaient rempart, certains étaient des gens ordinaires d'autres districts, ils avaient fait plusieurs dizaines de kilomètres à vélo, d'autres étaient des dirigeants du chef-lieu de district venus en automobile voir ce qui se passait. Arrivés pleins d'entrain, ils repartirent bien désappointés.

L'équipe logeait au centre d'accueil du district, il n'y avait dans les chambres ni climatisation ni salle de bains, il en allait ainsi à l'époque dans tous les centres d'accueil au niveau des districts. Les acteurs ne se la jouaient pas comme ceux de maintenant. Quand l'équipe se retira, des amis au district me dirent :

« Bien des gens ont une mauvaise opinion d'eux. C'est surtout vrai pour ce Jiang Wen, quand il téléphonait à longue distance, cela pouvait durer quatre heures. »

Je demandai :

« Il ne payait pas ses communications ?

– Oh, si.

– S'il les payait de quoi tu te mêles ? »

À présent, personne, je pense, ne s'intéresse à ce genre de choses, passer de l'idée que chacun est concerné par les affaires privées d'autrui à la protection de la vie privée constitue un très grand progrès pour les Chinois. Il y a peu, j'ai vu à la télévision un acteur, condamné dans les années quatre-vingt à dix ans de prison pour cause de « conduite immorale », se plaindre de l'injustice qu'il avait subie. Et c'est vrai, il avait tout au plus eu des relations sexuelles consenties avec quelques femmes, or cela avait été considéré comme de graves crimes, cette affaire avait fait grand bruit dans tout le pays, la plupart des gens avaient considéré qu'il l'avait bien mérité, personne n'avait trouvé que la peine était disproportionnée. Si l'on appréciait les relations entre hommes et femmes dans notre société contemporaine à l'aune des critères de l'époque... combien de prisons faudrait-il ?

La vue du véhicule de l'équipe, si délabré qu'on pouvait se demander d'où il sortait, me fit immédiatement repenser au Gaz-51 du père de Lu Wenli, celui qui avait été racheté par He Zhiwu. Il y avait entre eux une certaine ressemblance par la couleur et la forme, mais à y regarder de plus près quelque chose clochait au niveau du capot à l'avant. Les gens du village disaient que He Zhiwu était en Mongolie-Intérieure, se servait-il encore du Gaz-51 ?

6

En août 1988, je réussis l'entrée dans la classe des étudiants-chercheurs en littérature, ouverte conjointement par l'école normale de Pékin et l'institut Lu Xun de littérature. Cette réussite ne m'enthousiasma pas autant que celle de mon entrée à l'Institut des arts de l'APL en 1984. Cette année-là, quand j'avais reçu la lettre de notification, j'avais vraiment été fou de joie car je réalisais enfin deux rêves : entrer à l'université, entrer en littérature. Cette fois-ci, même si à la sortie j'allais obtenir un master, j'avais déjà une réputation, certes surfaite, et j'avais acquis certaines connaissances en matière de littérature. Je savais que pour un auteur, ce qui importait n'était pas le niveau d'études mais bien les œuvres. Aussi, au tout début, je n'escomptais pas me rendre aux cours. On m'incita cependant à voir un peu plus loin que le bout de mon nez, à saisir cette occasion pour apprendre un peu d'anglais, arguant que cela pourrait bien m'être utile plus tard. C'était assurément une façon juste de voir les choses. J'ai donc étudié consciencieusement pendant deux mois, apprenant par cœur des centaines de mots. Mais voilà qu'éclata le mouvement estudiantin, la situation se fit plus tendue de jour en jour, la plupart de mes camarades n'avaient pas le cœur à suivre les cours. À vrai dire, comme je manquais de mon côté de persévérance, j'avais là un prétexte pour me soulager de ce poids, je jetai l'anglais aux orties. Par la suite, je me suis souvent rendu à l'étranger, chaque fois j'ai regretté amèrement de n'avoir pas étudié cette langue correctement. Il y a quelques années, je pensais encore apprendre quelques phrases d'usage courant, récemment j'ai abandonné jusqu'à ce projet. Il ne me reste plus qu'à attendre que quelque inventeur mette au point un outil de communication linguistique facile, mobile, rapide, exact, afin de me permettre de résoudre les difficultés des voyages.

Au printemps de 1990, je retournai au chef-lieu du district, je fis démolir les quelques pièces d'habitation que j'y possédais et, en un mois, les fis remettre à neuf. Pendant ce temps-là, je reçus plusieurs télégrammes me sommant de rentrer. Quand je réintégrai l'établissement, la direction me demanda de quitter l'école de mon plein gré. Je donnai mon accord sans réfléchir. Par la suite, de nombreux camarades intercédèrent en ma faveur, obtinrent le soutien de poids du professeur Tong de l'école normale et je pus ainsi garder mon statut d'étudiant. Le jour de la remise des diplômes fut aussi celui du déclenchement de la première guerre du Golfe. La cérémonie fut terminée à la hâte, il n'y eut ni bal ni banquet. Un jeune de l'équipe de la section cinéma de notre unité vint me chercher en side-car, il n'y avait pas de dortoir libre, je m'installai dans un entrepôt rempli d'objets divers mis au rebut. L'endroit était infesté de rats qui faisaient leur tapage la nuit. Une femelle fit son nid et mit bas dans ma valise. Pendant les années qui suivirent, mes vêtements, ma literie semblaient encore imprégnés de la forte odeur de l'urine de rat. Il y avait dans l'entrepôt une dizaine de statues en plâtre du Président Mao, je les avais placées à l'entrée et autour de mon lit, pareilles à des sentinelles. Quelques amis des milieux littéraires qui avaient réussi à passer les différents contrôles de la caserne, en voyant cette disposition, m'ont dit que j'étais le type le plus fort de toute la Chine, faire en sorte qu'une dizaine de Présidents Mao montent la garde à ma porte et devant mon lit! Deux ans après, l'unité m'attribua deux pièces, je déménageai de l'entrepôt. Mais j'ai bien souvent pensé avec nostalgie à ces jours où je vivais avec la dizaine de Présidents Mao.

Au printemps 1992, quelqu'un vint soudain frapper à ma porte. J'ouvris et découvris avec surprise He Zhiwu que j'avais perdu de vue depuis de nombreuses années. Comme je lui demandais comment il avait fait pour me trouver, il rit, sans répondre. Il me dit que s'il n'avait pas eu quelque chose à me demander, il ne serait pas venu me rendre visite. Je lui dis : « En ce cas, vas-y franco, et si c'est dans mes possibilités, je ne ménagerai pas mes forces. » Il me raconta qu'il travaillait dans un service des transports en Mongolie-Intérieure, qu'il y était travailleur titulaire, qu'il souhaitait être muté pour revenir à Gaomi afin de s'occuper de ses parents qui avançaient en âge. J'écrivis une lettre au chef de district de Gaomi que je donnai à mon camarade, lui recommandant d'aller la remettre en mains propres. Puis je lui demandai ce qu'il était advenu du Gaz-51, il répondit les yeux ronds de surprise :

« Comment, tu ne le sais pas ? Je l'ai vendu à l'équipe de Zhang Yimou. Le véhicule rempli de jarres d'alcool de sorgho par Jiang Wen et les autres et qui, dans le film, servait de bombe incendiaire et finissait pulvérisé et calciné, eh bien, c'était justement le Gaz-51 du père de Lu Wenli. Tu vois, ajouta-t-il, j'ai contribué moi aussi à ton *Sorgho rouge*.

– Le capot n'était pas trop ressemblant.

– Comment peux-tu être aussi stupide, dans l'équipe ils ne manquaient pas d'hommes capables, est-ce qu'ils auraient pu, sans rien retoucher, faire passer un camion soviétique pour un camion japonais ? N'aurait-ce pas été une grosse bourde ?

– Tu l'as vendu combien ?

– Au prix de la ferraille. Ce camion était resté dans la cour de mon père, je ne savais qu'en faire quand finalement l'occasion s'est présentée de lui donner une fin brillante. »

En 1993, je retournai à Gaomi pour le Nouvel An lunaire, He Zhiwu vint me trouver pour me dire qu'il avait déjà été muté et qu'il travaillait dans une agence de Gaomi installée à Qingdao. Je lui dis : « T'es vraiment débrouillard ! » Mais selon lui c'était ma lettre et elle seule qui lui avait ouvert les portes de la réussite.

Pendant les années qui suivirent, il vint souvent me voir à Pékin, chaque fois, il me convia à des repas coûteux. Il semblait avoir fait fortune. Il m'invita à plusieurs reprises à venir à Qingdao et me dit qu'il n'avait plus de liens avec Gaomi, qu'il avait ouvert sa propre entreprise et que les affaires marchaient bien. Si cela me disait d'aller le voir, il arrangerait tout. Je sus de sa bouche ce qu'étaient devenus nos camarades de primaire, et non seulement eux, mais aussi nos maîtres, il savait tout sur eux. Ainsi, l'instituteur Zhang, celui qui nous apprenait à faire des rédactions, était à la retraite depuis longtemps et avait quitté son poste de directeur du lycée professionnel du district. Il avait deux fils, l'un faisait le commerce du bois, l'autre était secrétaire de la Ligue de la jeunesse du canton de Chengnan. Liu Grande Bouche, à son époque de gloire, avait été directeur adjoint du Bureau de l'éducation au district ; après la mort de sa femme, et malgré leur différence d'âge, il s'était remarié avec Lu Wenli qui était veuve. Le premier mari de cette dernière était le fils d'un dirigeant du district, le type avait tous les vices, bonne chère, alcool, prostituées, jeu, on racontait aussi qu'il la frappait souvent. Alors qu'il était ivre, il avait percuté un arbre avec sa moto et y était resté. Comment Lu Wenli avait-elle pu se mettre avec l'instituteur Liu ? Je dis : « Impensable ! »

He Zhiwu me demanda en riant : « Et envoyer une balle de ping-pong dans la bouche de son adversaire au jeu, c'est concevable ? »

Effectivement, ce ne l'était pas, d'où l'on voit bien que les choses en ce monde connaissent d'incessants changements, tels sont les hasards des rencontres entre les époux, les contretemps, les faits curieux, au final, bien malin qui pourrait les prévoir.

7

En août 2008, j'allai tout exprès à Qingdao pour rencontrer He Zhiwu. Avant cette date je m'étais déjà rendu plusieurs fois dans cette ville, soit pour des conférences, soit pour des réunions. Mais mon agenda avait toujours été très serré, et il en était très mécontent. Il me dit : « Tu ne pourrais pas venir une fois tout exprès, qu'on puisse parler à cœur ouvert pendant trois jours et trois nuits, j'ai tellement de choses à te raconter, je suis sûr que cela te donnerait matière à inspiration, l'occasion d'écrire un bon roman. Jadis, tu m'as prêté dix yuans, aujourd'hui je vais te rembourser en matériaux pour une œuvre. »

Il prit pour moi une suite luxueuse à l'hôtel Huiquan Dynasty, en ouvrant ma fenêtre, je pouvais voir la mer et entendre le bruit des vagues.

Depuis le moment où il s'était assis dans ma chambre d'hôtel, il s'était mis à me raconter ce qu'avait été sa vie pendant ces trente ans. Les trois jours qui suivirent, assis l'un en face de l'autre à boire de l'alcool, ou bien pendant nos promenades au bord de la mer, son flot de paroles ne s'est pratiquement jamais tari. Tous ces mets délicieux qu'il avait commandés, j'avais pratiquement été le seul à les manger. Je lui disais :

« Mais mange, toi aussi ! Des choses aussi chères, ce serait dommage de les laisser.

– Mange, toi, moi j'appartiens à la catégorie des "trois taux élevés", je ne peux manger de ces choses-là. »

Tout en parlant, il fumait et buvait. Il avait donné congé à son chauffeur et conduisait lui-même, il me faisait faire des tours au bord de mer. Je lui disais : « Tu bois tellement, tu crois que ça va aller ? » Il me répondait : « Rassure-toi, je suis comme Wu Song, à chaque verre, j'ai encore plus de capacités. » Quand je lui faisais remarquer qu'il vaudrait mieux pour lui ne pas être arrêté par la police, il me répondait en riant : « Qui dans la police se risquerait à faire une chose pareille ? » Tout en conduisant, il restait volubile, accompagnant ses paroles de gestes. Je lui disais : « Le gars, tu ferais mieux de te concentrer sur ta conduite. » Il me répondait : « Oh, rassure-toi, après avoir fait le chauffeur pendant trente ans, dès que tu es à la place du conducteur, la voiture devient une partie de ton corps. Ceci dit, la technique de Lu Tiangong était vraiment superbe, le tablier du petit pont en pierre derrière le village avait la même largeur que le bord extérieur des roues du Gaz-51 et lui franchissait le pont sans même ralentir. » Comme j'allais lui demander qui était ce Lu Tiangong, je compris immédiatement de qui il s'agissait, et alors je sentis ce qui nous séparait.

Il raconta son histoire :

« Tenant à la main le billet de dix yuans que tu m'avais prêté, j'arrivai à la gare, je dépensai un yuan et vingt centimes pour un billet d'omnibus en direction de Weifang. Ce train partait de Qingdao et avait pour terminus Shenyang. J'avais pris un billet jusqu'à Weifang seulement, mais je comptais bien continuer jusqu'au bout. Le contrôle dans le train était sévère, à chaque vérification, deux policiers embarqués gardaient les portes du wagon, il ne fallait pas songer à se tirer d'affaire facilement. Quand on s'apercevait que quelqu'un resquillait, au mieux on le faisait descendre du train, au pire, on le frappait d'abord puis on le jetait dehors. En face de moi était assis un soldat de l'APL, il portait un crêpe noir au bras, sans doute avait-il perdu un de ses parents. Comme tu le sais, j'ai appris avec oncle Wang Gui l'art divin de la physiognomonie de Ma Yi[1] – en fait j'ignorais cela –, j'ai donc cherché à nouer des relations avec le soldat, elles devinrent de plus en plus proches au fur et à mesure de la discussion. De son père qui venait juste de mourir, je fis mon compagnon des beaux jours, et lui de gober la chose sans se poser la moindre question. Puis je lui dis : "L'ami, moi ton aîné, je suis dans le pétrin, j'espère que tu vas pouvoir me donner un coup de main ?" Le soldat sortit de sa poche le billet de train pour Shenyang, il me dit tout bas : "Tu vas t'en servir d'abord et après tu le mettras sous mon gobelet." Quand il vit le contrôleur arriver, il prit des mains de l'employée le broc d'eau bouillante puis, avec zèle, servit les voyageurs, et tout le compartiment de dire qu'il était un vrai Lei

---

1. L'homme vêtu de lin, auteur inconnu de l'ouvrage *Physiognomonie de l'homme vêtu de lin* (Ma yi xiangfa), dont l'édition la plus répandue date des Ming.

Feng. En ces temps-là, le prestige de l'APL était élevé, grâce à son aide, je pus arriver à Shenyang sans problème.

« Jusqu'à aujourd'hui, j'ai toujours éprouvé de l'affection pour les soldats, ma fille aînée est mariée à un capitaine de sous-marin nucléaire de la flotte de Beihai, et la cadette sort avec le commissaire politique de ce même sous-marin. J'ai chaleureusement approuvé leur choix. Avec mes filles mariées au commandant et au commissaire politique, c'est presque comme si notre famille contrôlait ce sous-marin. Ha, ha, ha ! »

Il partit d'un grand éclat de rire fou.

« Ma femme descend d'une famille aristocratique de Russes blancs qui a fui les bolcheviques au début du siècle dernier, elle est de pure race russe, mais elle est née en Chine et y a grandi, aussi est-elle citoyenne chinoise à part entière. En 1979, j'avais déjà fait fortune, je devais avoir en dépôt à la banque quelque trente-huit mille yuans ! J'étais culotté, j'osais prendre des risques, mais toujours sur la base d'enquêtes préliminaires. À la fin de 1978, après le troisième plénum du Comité central issu du XIe congrès du PCC, la réforme fut mise en route dans les campagnes, les communes populaires avaient été démembrées, la terre avait commencé à être mise sous contrat. Je me dis immédiatement que les paysans qui avaient signé ce type de forfait avaient besoin avant tout de grands animaux domestiques, bœufs et chevaux. À ce moment-là, en Mongolie-Intérieure, un grand cheval ne coûtait que quatre cents yuans, or on pouvait le revendre mille yuans dans les provinces limitrophes, pour un bœuf de trois ans environ, le rapport était de deux cents à six cents. À cette époque, j'avais ouvert au district un studio de photographie qui marchait bien. Je l'ai vendu dix mille yuans et me suis rendu chez les gardiens de troupeaux, j'y ai acheté trente chevaux. J'ai loué les services d'un homme qui les a conduits de l'autre côté des passes. À la frontière avec le Hebei, hommes et bêtes étaient harassés, le fourrage manquait. Un froncement de sourcils et je trouvai la solution. Je conduisis le troupeau jusque dans la cour de l'administration du district de Xuanhua et me rendis sur-le-champ chez le chef de district, me présentant comme un éleveur de Mongolie-Intérieure. J'expliquai que j'avais entendu dire qu'à l'intérieur des passes était mis en place un système de contrats avec forfait pour les paysans et que, à l'approche des labours de printemps, il y avait pénurie de bêtes de trait. C'était la raison pour laquelle j'avais conduit jusqu'ici les trente bêtes du cheptel familial. Ces trente bêtes, je les offrais. Le chef de district, un nommé Bai, en était resté interloqué, et de rouler des yeux en tous sens. Je dis que c'était vrai, que je les offrais pour rien. Le chef de district courut jusque dans la cour, quand il vit ces superbes chevaux, il déclara : "Nous ne pouvons pas te les prendre sans rien te donner, voilà ce que je te propose : huit cents yuans par bête." Je lui répondis : "C'est trop, six cents feront l'affaire, si vous avez encore besoin de bétail, je rentre sur-le-champ et je vous rapporte une centaine de bêtes. Vous pouvez aussi envoyer des gens. Je les aiderai à en acheter." Et c'est ainsi que, ce printemps-là, me faisant maquignon, j'ai gagné trente-huit mille yuans. Je suis devenu un frère juré de ce Bai, lequel est à présent vice-gouverneur de province.

« J'avais de l'argent, je me devais de fonder une famille. Alors je me suis dit : "Il faut que tu rentres au pays pour réaliser ton rêve de jeunesse." Pour te dire la vérité, j'aimais en secret Lu Wenli. Je pensais lui offrir un cadeau pour cette rencontre : acheter le camion de son père et l'amener dans ce camion en Mongolie-Intérieure pour y faire de grandes choses, gagner beaucoup d'argent. Je me suis renseigné. La ferme d'État s'était déjà restructurée et était passée sous le régime des contrats, le camion, lui, était devenu la propriété de Lu Tiangong. Je lui ai envoyé un télégramme et lui ai acheté le camion pour la somme de huit mille yuans, c'était un prix élevé, tout ce qu'il y a de plus élevé. À cette époque, un NJ130 de la marque Bond en avant, fabriqué à Shanghai, imitation parfaite du Gaz-51, ne coûtait pas plus cher. Ce vieux camion valait tout au plus deux mille yuans.

« J'ai donc donné huit mille yuans à Lu Tiangong en lui disant que si j'avais mis une somme si importante dans l'achat de cette vieille carcasse, c'est que, sous une forme déguisée, j'allais en faire un cadeau. Je lui dis : "Si Xiang Zhuang en exécutant la danse de l'épée pensait au duc de Pei [qu'il projetait d'assassiner], He Zhiwu, lui, en achetant le camion pense à Lu Wenli." Lu Tiangong m'a répondu en riant : "He Zhiwu, depuis longtemps j'ai deviné que tu n'avais peut-être pas un si mauvais fond. Mais voilà, un mariage ne peut être arrangé par les parents. Si tu as quelque talent, à toi de t'en servir pour faire sa conquête. Ceci dit mon petit gars, selon moi, tu n'as guère d'espoir. Le fils du vice-secrétaire

Wang du comité de district a jeté son dévolu sur notre Wenli, à dire vrai, je n'aime pas trop ce gars-là, il a des sourcils de voleur et des yeux de rat, on voit tout de suite que ce n'est pas quelqu'un de bien, mais voilà, il est le fils du vice-secrétaire du comité de district. Wenli, quant à elle, est consentante, sa mère et moi ne pouvons que suivre le mouvement. On verra bien, soyons honorés quelque temps d'être parents du vice-secrétaire." »

He Zhiwu poursuivit son récit :

« J'ai fait faire au Gaz-51, en guise de démonstration de force, quelques tours du village, c'était puéril, mais j'étais si jeune. Puis j'ai mis les gaz vers le chef-lieu du district. Tu vas me demander quand j'avais appris à conduire ? En 1976, j'ai été manutentionnaire dans une briqueterie, je m'étais lié d'amitié avec Vieux Xu le chauffeur, j'ai appris avec lui. Autrefois, quand je regardais le père de Lu Wenli conduire cela m'impressionnait, en fait, ce truc-là, ça s'apprend en un rien de temps. J'ai conduit le camion jusqu'à l'entrée de l'usine de caoutchouc, mon idée était de parler un peu avec Lu Wenli, mais le vieux gardien m'a dit qu'elle avait déjà été mutée au bureau des Postes et Télécommunications du district.

« Le vieil homme était bavard, il a poursuivi : "Comment la belle-fille du vice-secrétaire du comité de district aurait-elle pu rester travailler dans les miasmes de la fumée noire et dans la pestilence émanant de l'usine de caoutchouc ?"

« Je suis reparti en camion pour l'entrée principale de la poste, j'ai garé le véhicule, je suis allé dans un grand magasin proche m'acheter une paire de chaussures en cuir que j'ai mises illico. Porter pour la première fois de telles chaussures, c'est plutôt inconfortable, il me semblait que tout le monde regardait mes pieds. À peine franchi l'entrée principale, j'ai aperçu Lu Wenli. Elle était au comptoir de vente des timbres-poste, elle discutait avec une femme d'un certain âge. Je me suis avancé et lui ai dit : "Lu Wenli, je suis He Zhiwu, ton camarade de primaire, ton père m'a dit de venir te trouver." Elle est restée interdite quelques minutes puis m'a demandé avec froideur : "Qu'est-ce que tu veux ?" J'ai désigné le camion garé de l'autre côté de la rue et lui ai dit que c'était celui de son père et que ce dernier m'avait demandé de venir la chercher. Elle a répondu : "Mais je suis encore au travail !" Je lui ai dit : "C'est pas grave, je vais attendre dans le camion jusqu'à ce que tu aies fini ton service."

«Je suis retourné dans la cabine de conduite, et je l'ai attendue en fumant. En ce temps-là, le chef-lieu de district était une ville en grand état de délabrement, le bâtiment à deux étages de l'administration était la construction la plus haute. Assis dans le camion, je regardais le drapeau rouge sur le toit et le pin pyramidal derrière l'édifice, j'ai ressenti alors un sentiment de grande solennité. Je n'avais pas terminé ma première cigarette que Lu Wenli arrivait en courant. J'ai ouvert la portière pour lui permettre de grimper dans le camion. Je ne lui ai posé aucune question, j'ai mis le moteur en marche et j'ai roulé. "De quoi s'agit-il enfin ?" m'a-t-elle demandé. Je n'ai prêté aucune attention à ce qu'elle disait, je conduisais à toute vitesse, tout en la regardant du coin de l'œil. Elle avait les mains sur les épaules et elle sifflotait, la bouche arrondie. Ce n'était pas dans ses anciennes habitudes, c'était adorable. "Fille en grandissant change grandement", c'était bien vrai. Une fois sorti de la ville, je me suis arrêté sur un espace libre près du terrain de sport du lycée n° 1. Pourquoi m'étais-je arrêté à cet endroit ? Parce que c'était là qu'elle avait obtenu le titre de championne de district de ping-pong en catégorie cadets. J'ai tourné la tête vers elle et l'ai tenue sous mon regard. Elle était vraiment très belle. Elle avait certainement deviné quelque chose car elle était un peu sur ses gardes, et un peu en colère aussi. "Mais au final qu'est-ce que tu veux ?" Je n'y suis pas allé par quatre chemins, je lui ai dit tout de go : "Lu Wenli, je t'aimais déjà il y a dix ans, et quand je suis parti en roulant de la salle de classe, je me suis dit en secret que si je m'en sortais dans la vie, je reviendrais te prendre pour femme ! Tandis que là-bas – et je désignai le bureau du lycée n° 1 (une église chrétienne avant la Libération) –, se déroulait le match de ping-pong auquel tu participais et au terme duquel tu es devenue championne du district, j'ai pris la décision de devenir quelqu'un pour rentrer t'épouser." Elle a fait une moue et a dit : "Alors comme ça, maintenant tu t'en sors bien ? Tu es devenu quelqu'un ?" J'ai répondu : "En gros, on peut dire ça." Je lui ai demandé à mon tour : "Et toi, tu gagnes combien par mois ?" Elle n'a pas répondu. "Pas besoin de me le dire, je le sais. Tu gagnes trente-six yuans par mois, ce qui fait trois cent soixante yuans par an. En Mongolie-Intérieure, en vendant du bétail, j'ai gagné trente-huit mille yuans. Ce qui représente à peu près cent années de salaire pour toi. J'en ai dépensé huit mille pour acheter le vieux camion délabré de ton père, c'est comme si j'avais donné à tes parents une somme rondelette pour leurs vieux jours, t'épargnant ainsi des soucis pour l'avenir. Là-bas, j'ai des tas d'amis, le terrain est bien préparé, il y a ce capital de trente mille yuans, il ne faudra pas de nombreuses années pour que je, non, pour que nous possédions cent mille yuans, et même pour que nous devenions millionnaires ! J'ose même garantir : primo, que tu ne manqueras jamais d'argent, secundo, que je me comporterai toujours bien avec toi." Elle a dit sur un ton glacial : "C'est vraiment dommage, He Zhiwu, je suis déjà fiancée." J'ai rétorqué : "Des fiançailles, c'est pas comme un mariage, et puis une fois mariés, on peut toujours divorcer." Elle a repris : "Dis donc toi, comment peux-tu parler de façon aussi déraisonnable ? Au nom de quoi tu viens t'ingérer dans ma vie ? Parce que tu as acheté le vieux camion de mon père ? Parce que tu as trente mille yuans ?" J'ai répondu : "Lu Wenli, c'est parce que je t'aime, voilà pourquoi je n'ai pas envie que tu tombes dans le malheur. J'ai fait ma petite enquête, ce Wang Jianjun est un voyou, il s'y entend pour se jouer des jeunes femmes…" Elle m'a interrompu : "He

Zhiwu, tu ne te rends pas compte à quel point ce que tu dis est ignoble ?" J'ai répondu : "C'est pour te sauver du danger, comment peut-on dire que c'est ignoble !" Elle a dit : "Merci pour tes bonnes intentions ! Je n'ai avec toi aucun lien particulier, je suis maître de mon destin, tu n'as pas le droit de t'en mêler." Moi : "J'aimerais que tu réfléchisses bien." Elle : "He Zhiwu, cesse de m'importuner, d'accord ? Si Wang Jianjun apprenait tout cela, il enverrait quelqu'un te liquider." J'ai dit en riant : "Je voudrais bien qu'il le sache, dis-le-lui." Elle a ouvert la portière, a sauté du camion et m'a dit : "He Zhiwu, il ne faut pas que l'argent te fasse oublier jusqu'à ton nom de famille. C'est moi qui te le dis : l'argent ne peut pas tout !" Elle s'est détournée et s'est mise à marcher en direction de la ville. Tout en regardant sa silhouette de dos, je me disais : "C'est vrai, l'argent ne peut pas tout, mais sans lui on ne peut rien. Lu Wenli, prends soin de toi !"

« Je suis rentré à la maison, j'ai démoli un pan du mur de clôture et j'ai fait entrer le vieux camion du père de Lu Wenli dans la cour, puis j'ai réparé le mur, couvert le véhicule d'une bâche et ai demandé à mon père de garder un œil dessus. Mon père m'a rabroué : "Ah oui, parce qu'il va lui pousser des ailes peut-être et du coup il pourrait bien s'envoler ?" Je lui ai dit : "Essaie de voir un peu plus loin que le bout de ton nez, ce camion plus tard pourrait bien être utile." Ayant tout réglé pour mes parents, je suis retourné en Mongolie-Intérieure avec mes deux frères cadets. Ils ont fait avec moi toutes sortes de commerces : vente de bois, d'acier, de bétail, de cachemire, l'argent entrait à flots. Je vais te raconter une petite histoire pour te montrer mon audace et ma ruse.

« À cette époque-là, il était interdit aux particuliers de faire du trafic de cachemire, on pouvait réaliser d'énormes profits en en faisant entrer en contrebande à l'intérieur des passes. Des points de contrôle douanier avaient été mis en place. J'avais trouvé deux camions identiques, le premier, je l'avais chargé de tissus, le second de cachemire. Le dessus des camions était couvert de toile de bâche. Arrivés près du point de contrôle, nous avons garé le camion contenant le cachemire et fait passer d'abord au contrôle celui chargé de tissus. Pendant l'inspection, nous leur avons proposé des cigarettes, de l'alcool, avons accepté de leur rapporter au retour des choses du pays. L'inspection terminée, nous sommes passés sans problème. Mais au bout d'un moment, je suis revenu en arrière et leur ai dit que j'avais perdu un pneu de secours, qu'il me fallait retourner le chercher. Revenu près de l'autre camion, j'ai fait l'échange, arrivé au point de contrôle, j'ai dit que j'avais retrouvé l'objet. Ils venaient tout juste de nous inspecter, bien naturellement ils n'allaient pas recommencer. Et c'est ainsi que nous les avons bernés avec mes deux frères et qu'en un printemps nous avons vendu quarante tonnes de cachemire et gagné quatre cent mille yuans. Nous avions de plus en plus d'argent, de plus en plus d'amis. J'ai aidé mes frères à obtenir un permis de résidence et un travail dans la société de transport. À cette époque-là nous éprouvions encore un véritable fétichisme pour le permis de résidence et les emplois de titulaires.

« En 1982 je suis revenu au pays afin de construire une nouvelle maison pour mes parents. L'ancienne maison, nous l'avons gardée. La bâche du camion était tout abîmée, j'en ai mis une neuve. Mon père n'osait plus m'injurier. Il disait à ma mère : "Zhiwu a beaucoup de grandeur d'esprit, nous ne devons pas le critiquer à tort et à travers." J'avais gardé encore un peu d'espoir au sujet de Lu Wenli, mais elle s'était déjà mariée à Wang Jianjun, on racontait même qu'elle ne vivait pas mal du tout. Puisqu'il en était ainsi, je me suis dit que je devrais me marier à mon tour.

« À l'annonce de cette nouvelle une dizaine d'entremetteuses ont franchi le seuil de ma maison pour me recommander des jeunes filles qui présentaient toutes bien. Je n'ai répondu à aucune. C'est alors qu'une femme s'est présentée d'elle-même, c'était ta belle-sœur[1], Julia. Elle travaillait à l'époque à la station d'élevage de La Bannière[2], elle avait pour surnom "Doublement mortifère", vu de dos, son corps était incomparable, il vous mettait l'eau à la bouche à vous faire crever de désir, vu de face, son visage grêlé avait de quoi vous faire crever de peur. Elle vint donc frapper à ma porte : "Frère aîné He, je te le demande : pourquoi veux-tu prendre femme ?" Je réfléchis un moment avant de répondre : "D'abord pour qu'elle me donne des enfants, ensuite pour qu'elle lave mes vêtements et me fasse la cuisine." Et elle de répondre : "En ce cas, c'est moi que tu devrais choisir." Je réfléchis un moment, me tapai sur la cuisse et dis : "Ce sera toi ! En route, on va se

---

1. « Belle-sœur » : appellation polie pour désigner la femme d'un ami, les enfants de l'ami, par voie de conséquence, sont désignés par les termes « neveu » et « nièce ».
2. Division administrative de la Mongolie-Intérieure.

faire enregistrer!" Mon mariage avec ta belle-sœur fit sensation dans toute La Bannière! Imagine un peu, l'homme le plus riche du coin avait épousé une grêlée. Pour beaucoup, cela dépassait l'entendement, bien évidemment. Et toi tu comprends cela ? »

Il ajouta :

« Quand tu verras tes deux nièces, belles comme des immortelles, ton neveu qui joue dans une équipe de football, tu comprendras. Ta belle-sœur a les traits réguliers, sa laideur vient de son visage grêlé. Or ce n'est pas génétiquement transmissible, alors que son lignage de Russe blanche, sa haute taille et la beauté de ses traits le sont, eux. Et puis, si j'avais cherché une femme Han, je n'aurais pu avoir qu'un seul enfant, comme elle est russe, on pouvait légalement avoir deux enfants, et avec un petit effort, on pouvait même en avoir trois. Tu comprends à présent comment tes deux nièces ont pu "capturer" ce sous-marin nucléaire! Les belles Eurasiennes ont de grandes qualités, elles sortent du lot! Pour moi, c'était tout réfléchi. Car si un homme ne peut se marier avec celle qu'il aime, il se doit d'épouser la femme qui lui apportera le plus d'avantages. Et pour moi, c'était Julia. »

He Zhiwu me dit encore :

« Au début des années quatre-vingt-dix, je me suis dit que, pour faire de grandes choses et gagner beaucoup d'argent, il fallait aller sur la côte. C'est la raison pour laquelle je suis venu te voir à la capitale, mon intention était de me faire d'abord muter au pays puis, de là, aller à Qingdao. Ta belle-sœur au début ne se faisait pas à l'idée de quitter la maison de Mongolie-Intérieure, je lui ai dit : "À Qingdao, je te ferai construire un immeuble !" »

Il désigna au loin un bâtiment couleur crème : « Cet immeuble, c'est le nôtre. » Il me raconta maints des hauts faits qu'il avait accomplis à Qingdao, certes je les ai entendus de sa bouche, mais j'ai tout oublié, ce n'était que dépenses, amitiés, petites pertes et gros profits faciles.

Je lui demandai : « He Zhiwu, tu t'en souviens ? Au début de la Révolution culturelle nous avons joué un sketch sur l'actualité politique. Je portais la vieille veste de l'instituteur Zhang, dessous il y avait un ballon de basket pour me donner un gros ventre, je jouais le personnage de Khrouchtchev ; toi tu avais les cheveux pleins de farine et tu étais le "Khrouchtchev chinois" – Liu Shaoqi. Les paroles étaient les suivantes : "Vieux frère Khrouchtchev, jeune frère Liu, nous chantons ce duo". Je chantais

"Patates cuites et bœuf en prime[1]", et toi : "Petites pertes et gros profits". »

Je continuai : « Et c'est justement ces "petites pertes et gros profits" qui sont le secret de ta réussite. »

Il réfléchit un instant et dit : « C'est vrai sur le fond, mais pas entièrement. Plusieurs fois dans ma vie, j'ai subi de grosses pertes, sans le moindre petit profit. »

Je lui demandai : « Tu veux parler de l'achat du Gaz-51 du père de Lu Wenli ?

– Comment peux-tu être aussi terre à terre ? Je calcule toujours le coût d'une opération, c'est vrai, sauf quand il s'agit de Lu Wenli.

– Quand son mari est décédé, tu n'es pas allé la voir ? »

Il me dit : « Son mari s'est tué sur la route en 1993. À ce moment-là, j'étais à Qingdao sur un commerce d'acier, en partenariat avec la maîtresse de X. Sous le couvert de cet homme influent, nous avions le monopole de tout l'acier des chantiers de construction de Qingdao. Quand j'ai appris que

---

1. Il s'agit de deux vers de Mao Zedong cités dans les années soixante pour stigmatiser le révisionnisme russe.

Lu Wenli était veuve, j'en ai été tout remué. J'ai parlé de cela avec ta belle-sœur, elle a été très magnanime, elle m'a dit : "Recueille-la. À toi de voir si tu veux te marier officiellement avec elle ou la prendre comme maîtresse, tout est possible." Mais avant que j'aille trouver Lu Wenli, elle est venue d'elle-même. Elle portait une robe noire, des gants blancs, elle était très maquillée, on pouvait vraiment parler d'elle comme d'une femme entre deux âges encore très attirante, elle avait toujours du charme. Sa première phrase, en me voyant, a été : "He Zhiwu, je m'en suis sortie." Je lui ai demandé tout de go : "Tu veux devenir ma femme ou ma maîtresse ?" Elle a répondu de même : "Ta femme, bien sûr." Je lui ai dit : "Te prendre pour femme, c'est tout un programme, sois ma maîtresse, je t'achèterai un appartement en bord de mer et subviendrai à tes besoins." Elle m'a dit avec un sourire triste : "En ce cas, je ne te dérangerai pas plus longtemps." Très vite, je devais apprendre la nouvelle de son mariage avec l'instituteur Liu Grande Bouche. Je me suis rendu à la ferme de la rivière Jiao, sans chauffeur, avec deux bouteilles d'alcool et deux cartouches de cigarettes. Sur l'espace vide devant le bâtiment, j'exprimai au père de Lu Wenli toute l'affection et l'admiration que j'éprouvais pour sa fille. Tout en buvant et fumant, j'étais plongé dans mes pensées. Je m'étais toujours considéré comme expert en matière de physiognomonie, apte à percer les cœurs humains, mais en fait, je ne savais que sonder l'âme d'un homme de bien avec la mentalité de l'homme de peu que j'étais. Si, en gros, je réussissais assez bien, c'est que mes fréquentations se situaient dans cette dernière catégorie, or Lu Wenli appartenait à la première. »

La veille de mon départ, He Zhiwu m'emmena dîner chez lui. Sa femme avait confectionné des raviolis à la triple farce, accompagnés, à la mode de Gaomi, d'un bol d'ail écrasé. C'était une femme grande et forte, débordant d'enthousiasme, au premier coup d'œil, on voyait que c'était une bonne épouse et une bonne mère. Alors que nous étions à moitié ivres, He Zhiwu se leva, éteignit les lumières et me dit de regarder vers la fenêtre de la cuisine. Il y avait sur les vitres le dessin d'une dizaine de pièces de monnaie assemblées les unes aux autres, rondes, avec un trou carré en leur milieu, d'un doré scintillant. Comme je lui demandai d'où elles étaient projetées, il me répondit qu'il n'en savait rien, qu'il avait eu beau bien observer, ses recherches n'avaient pas révélé la source. « Bien qu'en bord de mer il y ait beaucoup de grandes maisons, je n'y vais pas, je m'agrippe à ce lieu. » Le mot « grippe-sou » faillit sortir de ma bouche, mais je le retins de toutes mes forces. Des hommes d'affaires comme lui, plus ils s'enrichissent, plus ils deviennent superstitieux, ils cherchent à éviter les paroles de mauvais augure, ils attendent de vous des souhaits de bonne fortune. Alors je changeai de formulation et dis : « Le dieu de la richesse t'honore de sa visite. » Il en fut tout content : « Y a pas à dire, t'es un grand écrivain, tu parles comme un livre. »

Après mon retour dans la capitale, He Zhiwu me téléphona, il me dit qu'il avait jeté son dévolu sur un terrain côtier à Longkou et comptait se lancer dans des opérations immobilières. « Pourrais-tu venir faire un tour ? Il y a quelqu'un ici, au Bureau de l'administration du territoire, qui se trouve être le fils du chef de la station de travail du district de Huang où tu étais, un nommé Zuo Lian. Comme je mentionnais ton nom, ravi, il a dit que tu l'avais vu grandir. » J'ai hésité un moment avant de trouver un prétexte pour me dérober.

8

En mai de cette année, le Bureau de la culture du district de Gaomi, conjointement avec le Bureau de la radio et de la télévision, a organisé le premier grand prix télévisé d'opéra à voix de chat. Le directeur du Bureau de la culture, Monsieur Lu, est venu tout exprès à Pékin pour m'inviter à Gaomi comme membre du jury. Il m'était difficile de refuser une telle marque de sympathie, je dus m'exécuter. L'opéra à voix de chat de Gaomi a été classé il y a trois ans « patrimoine culturel sans support matériel ». Pour que ce type de théâtre soit perpétué, le gouvernement du district ainsi que le comité du Parti du district avaient décidé d'ouvrir une classe d'opéra à voix de chat, de recruter quarante jeunes stagiaires pour les envoyer à l'École des arts de Weifang afin d'y recevoir une formation ; une fois diplômés, ils seraient intégrés dans la profession. L'événement, grâce à ce grand prix télévisé, connut un franc succès avec plus de cinq cents participants. Je logeais au centre d'accueil de l'administration du district, chaque jour, de nombreuses personnes connues de moi, amis, parents, venaient me trouver au sujet de l'entrée de leur enfant dans la classe d'opéra, c'en était assommant. Comme il me fallait discuter avec la cheville littéraire du district au sujet de la création de nouveaux livrets pour la troupe d'opéra à voix de chat, je ne pouvais pas envisager de retourner à Pékin dans un court délai. Monsieur Lu me trouva un autre hôtel, afin d'éviter que je ne sois dérangé. Je n'aurais jamais pensé, alors qu'une demi-journée ne s'était pas écoulée, recevoir un court texto sur mon téléphone portable : « Mon vieux camarade, sans doute m'avez-vous oubliée ? Je suis Lu Wenli. Je me trouve à la réception de votre hôtel, pourriez-vous descendre me voir, juste cinq minutes ? »

Nous avons pris place au bar, le garçon s'est avancé pour nous saluer. Je lui ai demandé ce qu'elle prenait. « Il y a de l'alcool ? » J'ai été surpris par sa question. Le garçon a dit en souriant : « Mais bien sûr. Que désirez-vous ? » Elle : « Peu importe du moment que c'est de l'alcool. » Le garçon m'a regardé, toujours en souriant. Je lui ai dit : « Apportez-nous à chacun un verre de rouge. » Il a énuméré des noms de vins. J'ai répondu : « Le meilleur. » Lu Wenli s'est précipitée pour dire : « C'était convenu, c'est moi qui invite. » J'ai protesté : « Et pourquoi ? je peux très bien faire mettre cela sur ma note. »

Elle a marqué une pause avant de reprendre d'une voix étouffée : « Mais oui, tu es à présent un personnage important, je ne peux que te voir à la télévision.

– Tu exagères, non ? Le filou redoute le plus ses pays et davantage encore ses camarades d'études. Et nous deux, en plus, nous partagions le même pupitre.

– Et moi qui pensais que tu l'avais oublié.

– Comme si c'était possible ! Passé la cinquantaine, on ne se souvient pas de choses qu'on a sous les yeux, tandis que le passé, lui, se fait de plus en plus distinct.

– C'est vrai pour moi aussi, et même en rêve je revois tout cela.

– C'est que nous vieillissons.

– Pour un homme, passé la cinquantaine, c'est le meilleur âge, mais une femme, elle, à cette étape de la vie, devient une vieille sorcière. »

L'ample robe noire qu'elle portait cachait mal sa taille épaissie. Son petit visage émacié, délicat autrefois, était devenu rond comme la lune. Elle avait des poches sous les yeux, des cernes noirs. Le vin est arrivé, nous avons levé nos verres, avons trinqué, elle a bu fébrilement une gorgée.

J'ai demandé : « Maître Liu va bien ? »

Elle a dit dans un soupir : « Il est parti. »

J'en suis resté stupéfait :

« Comment... mais, maître Liu avait tout juste la soixantaine passée...

– Je suis vouée à être veuve, une "veuve noire"...

– Allons, voyons, ça n'existe pas... »

Elle a repris une gorgée de vin, des larmes brillaient dans ses yeux, elle m'a dit en me tenant sous son regard : « La vie est dure avec moi... » Sur le moment, je n'ai pas trouvé de mots pour la consoler, j'ai levé mon verre et trinqué avec elle. Elle a fait cul sec, la tête rejetée en arrière, elle a dit : « Ne parlons plus de cela, je suis venue te voir pour te demander une faveur. » Elle a sorti une photo, me l'a tendue : « C'est ma fille, Liu Huanhuan, elle s'est inscrite pour l'examen d'entrée dans la classe d'opéra à voix de chat, elle a déjà franchi deux barrages, elle est dans le top soixante. J'ai entendu dire que tous les parents faisaient des démarches, je suis venue te trouver, sans honte, bien que j'aie vieilli. »

Je contemplais la photo dans ma main, Liu Huanhuan et sa grande bouche, ses grands yeux, elle avait un petit quelque chose de Liu mais ressemblait surtout à sa mère. Il m'avait semblé avoir entendu les membres du jury parler d'elle, alors j'ai envoyé un texto au directeur Lu pour l'interroger. Il m'a répondu ceci : « Son classement est excellent, si on devait n'en retenir que deux, elle en serait. » J'ai montré le texto à Lu Wenli. Elle s'est mise à pleurer à chaudes larmes. Je lui ai dit : « Te voilà rassurée, non ? »

Elle a dit dans un sanglot : « Merci... oh merci...
— Merci de quoi ? Ta fille répond aux prérequis, elle a des potentialités, elle a bien réussi l'examen !
— Je connais bien les codes en usage de nos jours... merci, mon vieux camarade... »

Elle a sorti de son sac une enveloppe en papier et m'a dit : « Mon vieux camarade, voici dix mille yuans, ne soyez pas mécontent du peu, vous inviterez en mon nom le directeur Lu et les autres à boire un verre... »

J'ai réfléchi un instant avant de répondre : « Bon, d'accord, ma vieille camarade, j'accepte cette enveloppe. »

du même auteur

Le Clan du sorgho
roman, traduit du chinois par Pascale Guinot et Sylvie Gentil
Actes Sud, 1990

Le Radis de cristal
roman, traduit du chinois par Pascale Wei-Guinot et Wei Xiaoping
Philippe Picquier, 1993

Les Treize Pas
roman, traduit du chinois par Sylvie Gentil
Seuil, 1995, Points n° 1178

Le Pays de l'alcool
roman, traduit du chinois par Noël et Liliane Dutrait
prix Laure Bataillon
Seuil, 2000, Points n° 1179

Explosion
nouvelle, traduite du chinois par Camille Loivier
Caractères, 2004

La Carte au trésor
nouvelle, traduite du chinois par Antoine Ferragne
Philippe Picquier, 2004

Enfant de fer
nouvelles, traduites du chinois par Chantal Chen-Andro
Seuil, 2004, Points n° 3001

Beaux seins, belles fesses
roman, traduit du chinois par Noël et Liliane Dutrait
Seuil, 2004, Points n° 1386

Le Maître a de plus en plus d'humour
nouvelle, traduite du chinois par Noël Dutrait
Seuil, 2005, Points n° 1455

La Mélopée de l'ail paradisiaque
roman, traduit du chinois par Chantal Chen-Andro
Messidor, 1990, nouvelle traduction Seuil, 2005, Points n° 2025

Le Supplice du santal
roman, traduit par Chantal Chen-Andro
Seuil, 2006, Points n° 2224

Le Chantier
roman, traduit du chinois par Chantal Chen-Andro
Scandéditions 1993, nouvelle traduction Seuil, 2007, Points n° 2670

La Joie
nouvelle, traduite du chinois par Marie Laureillard
Philippe Picquier, 2007

Quarante et un coups de canon
roman, traduit du chinois par Noël et Liliane Dutrait
Seuil, 2008

La Dure Loi du Karma
roman, traduit du chinois par Chantal Chen-Andro
Seuil, 2009, Points n° 2460

Grenouilles
roman, traduit du chinois par Chantal Chen-Andro
Seuil, 2011, Points n° 2900

La Belle à dos d'âne dans l'avenue de Chang'an
récits, traduits du chinois par Marie Laureillard
Philippe Picquier, 2011

Le Veau, *suivi de* Le Coureur de fond
nouvelles, traduites du chinois par François Sastourné
Seuil, 2012

Au pays des conteurs
Discours de réception du prix Nobel de littérature 2012
Seuil, 2013

Enfant de fer
nouvelles, traduites du chinois par Chantal Chen-Andro
Seuil, 2013, Points n° 3001

RÉALISATION : IGS-CP À L'ISLE-D'ESPAGNAC
IMPRESSION : NORMANDIE ROTO IMPRESSION S.A.S. À LONRAI
DÉPÔT LÉGAL : MARS 2013. N° 110840 (130508)
IMPRIMÉ EN FRANCE